한용운–그러나 님은 침묵하지 않았네

서연비람은 조선 시대 왕궁 내, 강론의 자리였던 서연(書筵)에서 강관(講官)이 왕세자에게 가르치던 경전의 요지를 수집하여 기록한 책(비람備覽)을 말합니다. 서연비람 출판사는 민주주의 국가의 주인인 시민들 역시 지속 가능한 과거와 현재, 미래의 이치를 깨우치고 체현해야 한다는 믿음으로 엄선한 도서를 발간합니다.

역사와 문학 비람북스 인물 시리즈

한용운 – 그러나 님은 침묵하지 않았네

초판 1쇄 2021년 11월 30일
지은이 이채형
편집주간 김종성
편집장 이상기
펴낸이 이은아
펴낸곳 서연비람
등록 2016년 6월 29일 제 2016-000147호
주소 서울시 강남구 도곡로 422, 5층
전자주소 birambooks@daum.net

ⓒ 이채형 2021, Printed in Korea.

ISBN 979-11-89171-35-3 44810
ISBN 979-11-89171-26-1 (세트)

값 9,800원

역사와 문학

비람북스 인물시리즈

한용운

그러나 님은 침묵하지 않았네

이채형 지음

서연비람

차례

머리말

만해 한용운은 우리가 잘 알고 있듯이 승려요, 독립운동가요, 시인입니다. 그는 승려로서는 진정한 구도자, 독립운동가로서는 철저한 실행자, 시인으로서는 불멸의 시성입니다. 그의 발자취가 여러 부분에 미친 만큼이나 그의 업적은 찬란합니다.

그가 저술한 『불교유신론』과 『불교대전』은 이 나라 불교의 새 길을 밝히고, 중생을 구제하는 밝은 빛이 되었습니다. 그래서 우리 불교가 다시 태어날 수 있었습니다.

그가 앞장서서 일으킨 3·1운동과 독립선언은 항일운동의 굳건한 초석이었습니다. 그래서 조국의 광복을 가져올 수 있었습니다.

그가 읊은 『님의 침묵』은 민족의 혼을 일깨운 위대한 노래였습니다. 그래서 우리 문학사의 찬란한 금자탑이 되었습니다.

만해 한용운은 지혜의 깨우침을 위해 정신을 사르고, 조국의 독립을 위해 몸을 사르고, 민족의 혼을 위해 마음을 살랐습니다. 그래서 우리 역사에 우뚝 솟은 선구자입니다.

그는 지금도 우리 곁에 있습니다. 시간이 흐를수록 그의 정신과 사상은 오히려 새롭습니다. 그에 대한 숭앙과 염원도 더욱 깊어집니다. 그것은 이 시대가 그를 더욱 절실히 필요로 하기 때문입니다. 그래서 그는 우리의 해요, 달이요, 별입니다.

만해 한용운은 태산준령과도 같은 존재입니다. 골짜기는 깊고 봉우리는 높아 그 장엄한 모습을 쉽사리 헤아리기 어렵습니다. 그래서 어른이 보는 모습과 아이가 보는 모습, 선생이 보는 모습과 학생이 보는 모습, 뛰어난 사람이 보는 모습과 평범한 사람이 보는 모습이 다를 수 있습니다. 그만큼 이해의 폭이 넓고 다양하기 때문입니다. 그렇다면 과연 청소년에게는 그의 모습이 어떻게 비쳤을까요?

만해 한용운에 대한 전기나 평전 그리고 소설은 많습니다. 그런데도 그의 전기 『한용운-그러나 님은 침묵하지 않았네』를 다시 쓰게 된 것은 그런 까닭에서입니다. 이 책에는 오직 청소년이 이해할 수 있는, 청소년에게 필요한 그의 모습을 담았습니다.

아무쪼록 청소년들이 이 책을 읽고 만해 한용운을 알고,

그의 지혜와 투지를 배워서 나라 사랑의 길로 나아갈 수 있기를 기대합니다.

2021년 11월 15일

이채형

1. 놀라운 아이

한 소년이 서당에서 글을 읽고 있었다. 어린 나이에 벌써 『대학』을 읽고 있었다. 그런데 글을 읽다가 책의 곳곳에 먹칠을 하는 것이었다.

그것을 본 훈장이 물었다.

"책에다 왜 먹칠을 하느냐?"

훈장은 귀중한 경서를 함부로 더럽히고 있어서 화가 나 있었으나, 우선 그 까닭이 궁금했다.

그러자 소년이 태연히 대답했다.

"정자1의 '주'가 마음에 들지 않아서 지우고 있습니다."

『대학』은 사서삼경2 중의 하나로서, 매우 어려운 한문 경전이다. 이러한 경전에는 어려운 글귀를 풀이한, 이름난 학자들의 주가 붙어 있다. 그 주가 소년의 마음에 차지 않았

---

1 정자(程子) : 중국 송나라의 유학자 정호(程顥)와 정이(程頤) 형제를 높여 이르는 말.
2 사서삼경(四書三經) : 사서(四書)와 삼경(三經)을 아울러 이르는 말. 곧 『논어』, 『맹자』, 『중용』, 『대학』의 네 경전(經典)과 『시경』, 『서경』, 『주역』의 세 경서(經書)를 이른다.

던 것이다.

'정말 놀라운 아이로구나!'

놀랍고도 당돌한 소년의 대답에, 훈장은 그만 입이 딱 벌어지고 말았다. 소년의 재주를 익히 알고 있는 훈장이었지만, 다시 한번 감탄하지 않을 수 없었다.

그런데 그뿐만이 아니었다. 소년은 한 번 익힌 책은 곧바로 다른 아이에게 주어 버렸다.

"넌 왜 책을 함부로 남에게 줘 버리느냐?"

어른들이 이상히 여겨 물으면, 그는 서슴지 않고 대답했다.

"제 머릿속에 모두 들어 있는걸요."

이 소년은 바로 한용운이었다.

한용운은 1879년 8월 29일, 충청남도 홍성군 결성면 성곡리 491번지에서 아버지 한응준, 어머니 온양 방씨의 둘째 아들로 태어났다.

어릴 때 이름은 유천이었고, 본명은 정옥이었다. 나중에 스님이 된 후의 명이 '용운'이고, 법호는 '만해'다 세상에는 이 법명과 법호가 널리 알려져 있다.

그의 집안은 대대로 벼슬을 산, 청주 한씨 선비의 가문이었다. 그의 아버지 한응준도 낮은 벼슬이기는 했으나 벼슬아치였다. 그러나 선비의 집이 대체로 그렇듯이, 그의 집안은 무척 가난한 편이었다.

한용운은 6세의 어린 나이에 벌써 서당에 다니며 글을 배우기 시작했다. 그의 집안이 대대로 내려오는 선비의 가문이니 당연한 일이기도 했다.

그런데 그는 글을 배우자마자 곧 신동이라는 소리를 듣게 되었다. 그의 기억력과 이해력은 남달라 아무도 따라올 수 없을 정도였다.

"오, 우리 마을에 신동이 태어났군. 어린 나이에 어떻게 저렇게도 잘한다지."

"정말 놀라운 일이야. 그 아이의 재주는 아무도 따를 수가 없어."

입이 달린 사람들은 모두 소년 한용운을 칭찬하며 부러워했다. 그래서 마을 사람들은 그의 집을 가리켜 '신동집'이라고까지 부르게 되었다.

그는 여섯 살에 『통감』을 떼고, 아홉 살에 '사서오경'에 통달했을 뿐 아니라, 『삼국지』 『서상기』 등의 문학 작품까지 읽었다. 이 모두가 어려운 한문책들이니, 그의 재주가 얼마나 놀라웠던가를 짐작할 수 있다.

소년 한용운은 재주만 뛰어난 것이 아니었다. 비록 키는 아버지를 닮아 작았으나, 힘이 장사였다. 거기에다 모험심이 무척 강하고, 담력 또한 어른에 못지않았다.

그러다 보니, 싸웠다 하면 끝까지 싸워 이겼다. 그 작은 몸집 어디에 힘이 솟아나는지, 같은 또래 아이들은 아무도 그를 당할 수가 없었다. 그것은 힘도 힘이었지만, 누구에게도 지기 싫어하는 그의 성격 때문에도 그랬다.

"허, 저 녀석은 글만 귀신같이 잘 외는 줄 알았더니 힘까지 장사로군!"

"글쎄 말이야, 저 작은 몸집에 웬 힘이 저리 세지?"

마을 사람들은 그의 재주에 놀란 만큼 그의 기력에도 감탄을 금하지 못했다.

십 대 소년에 접어들 무렵, 한용운에게 한 가지 사건이 생겼다. 어느 날, 남산에 올라갔다가 그만 행방불명이 된 것이다. 하루가 지나서야, 그의 부모는 그가 서당 아이들과 함께 남산에 올라간 것을 알았다.

형과 마을 청년들이, 함께 갔던 아이들이 알려 준 산길로 해서 그를 찾아 나섰다.

"아, 저기 흰옷이 보인다!"

계곡을 살피던 마을 청년 하나가 깊은 골짜기를 가리키며 외쳤다. 모든 시선이 그리로 쏠렸다. 과연 그곳에 아이의 흰옷이 보였다.

형과 마을 청년들이 급히 내려가 보니, 한용운이 쓰러져 있었다. 그는 아무도 보지 못한 사이에 골짜기에 떨어졌던 것이다.

다행히 아직도 숨이 붙어 있었다. 그러나 다리뼈를 심하게 다쳐서 일어나지도 못했다. 그래서 모진 아픔을 참으며 구원의 손길을 기다렸다.

"이렇게 깊은 골짜기에 떨어지고도 죽지 않았다니!"

모두들 천만다행이라고 안도의 한숨을 내쉬면서도, 소년의 인내에 다시 한번 놀라지 않을 수 없었다.

이 사고로, 한용운은 한 달 동안이나 꼼짝 못 하고 누운 채 한약과 침으로 치료를 받았다. 다행히 부러진 다리는 본래대로 회복되었으나, 그 때문에 아버지는 빚을 지고 말았다.

한용운은 서당을 쉴 수밖에 없었다. 학자금을 댈 수가 없었던 것이다.

'그래, 서당에 못 가더라도 나 혼자 공부해야지.'

그는 서당에 다니지 못하는 대신, 여기저기에서 야사3를

---

3 야사(野史) : 민간(民間)에서 사사로이 기록한 역사.

구해 읽는 한편, 민가에 떠도는 설화에 깊은 관심을 기울이게 되었다.

이렇게 여러 면에서 뛰어난 아들이 아버지 한응준은 너무도 대견했다. 마을 사람들의 칭찬에 아버지의 어깨가 으쓱해지는 것도 당연한 일이었다.

한응준은 선비의 집안에 태어나서 글을 배웠고 벼슬까지 했으나, 자신의 꿈을 이루지 못한 한을 가슴속에 지니고 있었다. 그리고 그는 누구보다도 나라를 근심하는 사람이었다.

'그래, 내가 이루지 못한 꿈을 저 애가 이루게 하고, 장차 이 나라를 위해 큰일을 할 수 있는 인물로 만들어야지.'

그래서 아버지는 기회 있을 때마다 어린 아들을 앞에 불러 앉히고는, 역사상에 빛나는 인물들의 언행을 가르쳤다. 곁들여 세상 돌아가는 형편이며 나라의 이런저런 사정을 어린 아들이 알아듣도록 설명해 주곤 했다.

그리고 이야기 끝에 항상 이렇게 덧붙이곤 했다.

"우리 선조들 중에는 참으로 뛰어난 분들이 많았다. 너는 장차 그런 분들을 본받아 어지러운 이 나라를 다시 일으켜 세우도록 해야 한다."

소년 한용운은 그런 아버지의 말을 여러 번 듣는 사이에,

자신의 가슴속에 이상한 불길이 이는 것을 느꼈다. 그는 어린 마음에도 어느새 역사에 빛나는 인물들의 애국심과 기개4를 숭배하게 되었던 것이다.

그는 마음속으로 굳게 다짐했다.

'그래, 나도 이다음에 그런 훌륭한 인물이 되어 나라와 백성을 위해 큰일을 해야지!'

한용운의 이런 다짐은 뒷날 투철한 항일 정신과 행동으로 나타나게 된다.

---

4 기개(氣槪) : 씩씩한 기상과 굳은 절개.

2. 타오르는 불꽃

혼례식 날이었다. 말을 타고 신부네 집으로 가던 꼬마 신랑이 갑자기 말에서 내렸다.

"왜 말에서 내리느냐?"

상객1으로 따라가던 아버지가 물었다.

"말이 가여워서 타고 갈 수가 없어요."

신랑이 타고 가던 말은 아주 늙은 말이었다. 그의 집안이 가난해서 그런 말밖에는 구할 수가 없었던 것이다.

꼬마 신랑은 늙은 말을 타고 가기가 마음에 걸렸다. 어른들이 말려도 듣지 않고 끝까지 고집을 부렸다. 그래서 신부의 집까지 걸어서 갔다.

그 꼬마 신랑은 한용운이었다. 그가 장가를 든 것은 그의 나이 14세 때였다. 당시 풍속에 따른 조혼이었다. 신부는 천안 전씨, 전정숙이었다.

---

1 상객(上客) : 혼인할 때 신랑이나 신부를 데리고 가는 사람.

처가는 그의 집안보다 형편이 훨씬 나은 편이었다. 그런데도 혼인이 쉽게 이루어진 것은 어릴 때부터 소문이 자자했던 그의 재주 덕분이었다.

그 뒤, 한용운은 처가의 도움을 받아 다시 홍성의 향교에 다닐 수 있게 되었다. 그리고 얼마 뒤에는 기초 한문을 가르치는 훈장이 되었다.

그 무렵, 조선 말기 나라의 정세는 어지러울 대로 어지러웠다. 밖으로는 일본, 청나라, 러시아 등 외국 세력이 밀려들어 와 나라의 운명이 바람 앞의 등불이었다. 안으로는 벼슬아치들의 횡포가 극심해서 백성들의 살림살이가 도탄2에 빠져 있었다.

그러던 1894년, '동학 농민 운동'이 일어났다. 한용운의 나이 16세 때였다.

이 운동이 가장 먼저 일어난 곳은 전라도 고부군이었다. 그 고을 군수 조병갑은 탐관오리로 고을 백성들을 못살게 굴었다. 백성들에게 무거운 세금을 매기고, 없는 죄를 뒤집어씌워 돈을 빼앗는 등, 갖은 수단을 다해 재물을 거둬들이

---

2 도탄(塗炭) : 진구렁에 빠지고 숯불에 탄다는 뜻으로, 몹시 곤궁하여 고통스러운 지경을 이르는 말.

는 판이었다.

　이러한 횡포에 시달리다 못한 농민들이 들고일어났다.
이에 동학의 접주3인 전봉준이 동학군을 조직하여 앞장서
싸웠다. 이것이 곧 동학 농민 운동의 시작이었다.

　처음에는 동학군이 곳곳에서 관군과 싸워 이겼다. 그래서
관청을 점령하여 무기를 빼앗고, 죄인들을 풀어 주었으며,
불법으로 거둔 세곡4을 가난한 백성들에게 나누어 주었다.
그러자 이 운동은 전라도, 충청도, 경기도, 경상도, 그리고
평안도에까지 퍼져 나갔다. 그 기세가 하늘을 찌를 듯했다.

　동학 농민 운동의 물결은 한용운이 살고 있는 홍성도 휩
쓸었다. 홍성의 농민들은 손에 연장들을 들고 관가로 쳐들
어갔다. 이제까지 짓눌려 살아온 억압에 대한 분풀이였다.

　이러한 동학 농민 운동은 한용운에게도 커다란 영향을
미쳤다. 유난히 생각이 깊은 그에게 이 운동은 큰 충격이었
다.

　'그래, 옳은 일을 위해서 힘을 쓸 기회가 왔다. 지금이 바
로 그런 때가 아닌가!'

---

3 접주(接主) : 동학에서, 접(接)의 우두머리.
4 세곡(稅穀) : 나라에 조세로 바치는 곡식.

그는 민중의봉기를 바라보며, 어린 가슴에 새로운 다짐을 불태웠다.

그러나 전국의 동학 농민 운동은 일본과 청나라 군사가 개입하는 바람에 실패로 돌아가고 말았다. 그의 고향 홍성도 마찬가지였다.

동학 농민 운동을 겪고 난 한용운은 이미 지난날의 그가 아니었다. 학동들에게 『천자문』이나 가르치던 훈장의 모습은 사라지고, 그의 눈에는 사나운 불길이 타오르고 있었다.

그것은 정치 및 사회에 대한 관심의 표출이었다. 일찍이 아버지한테서 영향을 받아 가슴속에 불타고 있던 애국심이 서서히 고개를 쳐들고 있었던 것이다.

마침내 한용운의 뜨거운 열정이 터져 나올 사건이 일어났다. 1895년에 일어난 '을미의병'이었다. 을미의병이란 을미년(1895년)에 일본인들이 왕비인 명성 황후를 살해하는 사건이 일어나자, 전국 각처에서 일어난 항일 의병을 말한다.

한용운이 사는 홍성에서도 의병들이 들고일어났다. 홍성에서는 어느 곳보다 치열한 싸움이 벌어졌다.

'때가 왔구나. 이번에야말로 나라와 겨레를 위해 싸우리라!'

한용운은 용감히 의병에 참가했다. 그리고 자금을 마련

하기 위해 홍성의 관가를 습격하여 천 냥이라는 큰돈을 빼앗았다.

그러나 이 의병 봉기도 끝내 실패하고 말았다. 의병에 가담한 한용운은 몸을 피하지 않을 수 없었다. 그는 고향을 떠나게 되었다.

이 전설적인 의병 참전에 대해서는 다른 이야기가 있기도 하다. 즉, 여러 가지 상황으로 미루어, 한용운이 동학이나 의병에 참가하기는 어려웠으리라는 주장이다.

설사 한용운이 의병에 참가하지 않았다 하더라도, 동학 농민 운동이나 을미의병이 그에게 큰 충격과 영향을 미쳤던 것만은 의심할 여지가 없다. 그것이 뒷날 그의 인생을 통해 치열하게 계속된 항일 운동의 밑거름이 된 것은 틀림없는 일이다.

3. 산으로 들어가다

한용운은 팔베개를 한 채, 주막집의 어두운 천장을 올려다보며 깊은 생각에 잠겨 있었다.

'아, 나는 이렇게 빈손일 뿐이다. 서울에 간들 무슨 수로 큰일을 할 수 있단 말인가?'

그는 문득 자신의 가출이 너무 무모하다는 생각이 들었다. 그와 함께, 자신에 대한 의구심1이 무럭무럭 솟아올랐다.

'배운 것이라고는 한문 지식밖에 없는데, 어떻게 큰 뜻을 펼 수 있단 말인가?'

그는 밤이 깊도록 잠을 이룰 수 없었다. 이런저런 생각이 끝없이 밀려왔다. 그와 함께, 지금까지 겪은 일들이 하나하나 눈앞을 스쳤다. 그러는 중에 문득 아홉 살 때, 중국 원나라 때의 희곡인 『서상기』의 '통곡' 1장을 읽으며 느꼈

---

1 의구심(疑懼心) : 믿지 못하고 두려워하는 마음.

던 허무감이 되살아났다.

'사람의 삶이란 얼마나 덧없는 것인가. 어렵게 나날을 보내고 생명이 끊어지고 나면 무엇이 남는단 말인가? 명예인가, 부귀인가? 이 모든 것이 덧없는 것이 아니던가!'

그는 갑자기 삶에 대한 회의에 빠졌다.

'목숨이 다하는 것과 동시에 모든 것이 사라진다. 모든 것은 허사가 되고 만다. 그렇다면 무엇 때문에 글을 읽고, 무엇 때문에 살려고 발버둥 친단 말인가?'

그는 마음이 약해지면서 외롭고 쓸쓸한 생각에 빠졌다. 그것이 깊어질수록 회의감도 더욱 커지는 것 같았다.

그와 함께, 그의 마음에 커다란 변화가 일어났다.

'그렇다! 나라를 위해 큰 뜻을 펴고, 겨레를 위해 큰일을 하는 것도 중요하다. 하지만 우선 인생이 무엇인지 그것부터 알아보자.'

계획의 변경은 한순간에 일어났다. 그의 결정은 언제나 빨랐다.

'설악산 백담사의 도사를 찾아가 보자.'

그는 그 절에 이름 높은 스님이 있다는 말을 풍문으로 들었다. 그는 서울로 향하던 발길을 강원도 쪽으로 돌렸다.

한용운이 집을 떠난 것은 그의 나이 18세 전후해서였다.

그 무렵, 숱한 항일 의병도 끝내 실패로 돌아가고, 나라는 기울대로 기울어져 있었다.

그러는 중에, 일본과의 사이에 무슨 조약을 맺는다는 소문이 나돌았다. 그런 어수선한 분위기 속에서, 뜻있는 사람들이 구름같이 서울로 몰려든다는 풍문도 있었다.

그 조약이 맺어지면 나라가 망하게 될지도 모른다는 말들과 함께, 그의 고향 홍성에서도 뜻있는 사람들이 모여 앉기만 하면 나라의 앞날을 걱정하며 한숨들을 내쉬곤 했다.

"이번 조약을 맺게 되면 일본놈들에게 완전히 나라를 빼앗기게 된다는군."

"대체 나라님과 벼슬아치들은 무엇을 하고 있는 건가. 나라를 고스란히 바치고 가만히 앉아 있을 작정인가."

한용운은 이런 이야기를 들으며 가만히 앉아 있을 수가 없었다. 가슴에 뜨거운 피가 끓어 견딜 수 없었던 것이다. 그는 여러 날을 두고 생각한 끝에 드디어 결심하기에 이르렀다.

'그렇다, 이렇게 시골에만 처박혀 있을 대가 아니다. 뜻있는 사람들이 모여든다는 서울로 가 보자.'

그는 입은 옷 그대로 담뱃대 하나만 들고 집을 나와 서울을 향해 떠났다. 아버지, 어머니에게도 길 떠난다는 말을 하지 않았다. 아내 전씨에게도 알리지 않은 것은 마찬가지였다.

그의 손에는 여러 날이 걸릴 여행에 쓸 노잣돈도 없었다. 서울을 향해 떠나면서 서울로 가는 길도 몰랐다. 그래도 가다가 보면 누가 가르쳐 주겠거니 하고 태연하기만 했다.

그러나 아무리 한가로워도 여행은 역시 고달플 수밖에 없었다. 처음 떠난 먼 길에다 돈도 없으니 그 고달픔은 더했다.

걸음을 재촉하다 보니 날은 이미 저물고, 발은 부르텄다. 거기에다 배까지 고파서 한 발짝도 더 떼어 놓을 수가 없었다. 그래서 길가 주막집에 들어가 사정한 끝에 운 좋게 하룻밤을 쉬게 되었던 것이다.

한용운은 여러 날이 걸려 설악산에 이르렀다. 그가 닿은 곳은 내설악의 오세암이었다.

이 절은 신라 선덕 여왕 때 매월 대사가 지었는데, 그의 조카가 5세에 도를 깨쳤다 하여 '오세암'이라고 했다는 전설이 있었다. 그만큼 유서 깊은 절이었다.

그는 그곳에서 부목 행자2가 되었다. 이른바 불목하니가 된 것이다. 불목하니가 하는 일은 절에서 쓰는 땔감을 마련하는 것이었다.

무엇보다도 설악의 장엄한 자연 풍경이 그의 마음을 사로잡았다. 새소리, 바람 소리, 물소리가 그를 감동시켰다.

그해 겨울, 그는 오세암에서 벌써 불교의 기초 과목을 떼었다. 이미 익힌 한문 실력으로 단숨에 배워 버린 것이다.

그러한 재능이 알려지자, 큰 절인 백담사에서도 그를 주시하게 되었다. 얼마 뒤에는 오세암의 주지를 따라 백담사에까지 갔다.

그는 백담사 선방의 조실 연곡 큰스님 앞에 불려 갔다.

"네가 벌써 '사집'을 혼자 다 읽었다지?"

연곡 큰스님은 그의 총명함이 매우 대견스럽다는 듯이 인자한 목소리로 물었다. '사집'이란 불교의 기본적인 네 가지 과목을 말한다.

"예, 스님. 그러나 아직 아무것도 모릅니다."

그는 연곡 큰스님을 자기가 기대했던 바로 그 도사라고 굳게 믿었다.

연곡 스님은 그 당시 금강산, 설악산, 오대산 일대에 널리 알려진 큰스님이었다. 뿐만 아니라, 그는 여러 가지 개

---

2 행자(行者) : 속인(俗人)으로서 절에 들어가 불도(佛道)를 닦는 사람.

화 서적도 구해 읽은 개화승3이기도 했다.

한용운은 백담사와 오세암을 부지런히 오가며 불전을 익혔다. 그리고 곁들여 개화기의 학문도 한 가지씩 터득해 나갔다.

그의 재주는 산중에서도 따를 사람이 없었다. 그는 새롭게 학문적인 열정에 불타오르고 있었다.

이 무렵, 그가 읽은 책 중에는 『영환지략』이라는 것이 있었다. 이 책은 일종의 지리책이었다. 이 책은 이제까지 한문 경서나 불전밖에 모르던 그에게 더 넓은 세계가 있다는 것을 깨우쳐 주었다. 책을 읽으며 그의 가슴속에는 드넓은 세계에 대한 호기심이 맹렬히 불타올랐다.

'아, 내가 얼마나 우물 안 개구리였던가? 이 세상에는 훨씬 더 넓은 세계가 있다. 그것을 모르고 어찌 큰 뜻을 펼수 있으랴!'

한용운은 다시 번민에 빠지기 시작했다. 자연 풍경에 대한 감동도 그 번민을 잠재울 수 없었다.

유난히 모험심이 강한 그는 차차 산중의 변화 없는 생활

---

3 개화승(開化僧) : 신문물에 밝은 승려.

이 따분하게 느껴지기 시작했다. 『영환지략』등의 책에서 익힌 개화기의 학문이 그것을 더욱 부채질했다.

그는 도저히 견딜 수 없었다. 그가 산중에 들어온 것은 단순히 신앙 때문만은 아니었다. 그래서 그러한 번민을 차분하게 가라앉히고 그대로 산중 생활을 계속할 수가 없었다.

우선 산중 생활은 활달한 그의 성격에 맞지 않았다. 그리고 새로운 세계에 대한 호기심이 그를 가만히 내버려 두지 않았다.

마침내 한용운은 수년 동안의 산중 생활을 뒤로하고 설악산을 떠나기로 했다. 세계 여행의 큰 계획을 세우던 것이다.

'내 눈으로 직접 새로운 세계를 둘러보리라!'

그다운 꿈이었다. 산골의 눈이 녹기 시작하는 이른 봄의 일이었다.

4. 시베리아를 향하다

산에는 아직도 눈이 쌓여 있었다. 깊은 계곡에는 눈 녹은 물이 소리를 내며 흘러내렸다.

한용운은 우선 사람이 많이 모이는 서울로 먼저 가야겠다고 마음먹었다. 비록 『영환지략』을 읽었지만, 그는 세계의 사정과 지리를 너무도 몰랐다. 그것을 대강이라도 알려면 사람이 많이 모이는 서울로 가야 한다는 생각이 들었기 때문이다.

그는 백담사를 나와 20여 리의 산길을 걸어 가평천 냇가에 이르렀다. 냇물의 너비는 1마장[1]이나 되었으나, 건너는 다리도 없었다. 눈 녹은 물로 냇물이 꽤나 불어 있었다.

그는 눈 녹은 물이 얼마나 찬지 산골 생활을 여러 해 해 보았기 때문에 잘 알고 있었다. 아무리 용감한 그로서도 잠시 주저하지 않을 수 없었다. 세계 일주에 맨 먼저 닥친 난

---

1 마장 : 거리의 단위. 오 리나 십 리가 못 되는 거리를 이를 때, '리' 대신 쓰인다.

관인 셈이었다.

'그래, 이 물을 건너야 서울에도 갈 수 있고, 세계를 돌아 볼 수도 있다. 아무리 산골 물이 차다 해도 여기서 주저앉 으면 안 된다. 이러한 난관도 이겨 내지 못한다면 어떻게 세계여행을 할 수 있겠는가……'

그는 옷을 허벅지까지 걷어 올리고, 용기를 내어 내를 건 너기 시작했다. 냇물의 바닥에는 크고 둥근 돌이 깔려 있고 이끼가 끼어 있어 미끄럽기 짝이 없었다. 눈 녹은 물은 뼛 속까지 얼게 할 만큼 차고, 떠내려 오는 돌이 발에 부딪혀, 그 고통은 이루 말할 수 없었다.

그는 마지막 용기와 인내력을 짜내며 속으로 부르짖었 다.

'나는 한 푼 없는 맨주먹으로 세계 여행에 올랐다. 어떠 한 고난도 이미 각오하지 않았는가. 세계 여행을 하다 보 면, 인정은 눈 녹은 물보다 차고 세상 풍파는 조약돌보다도 거칠 것이다. 이만한 냇물도 건널 끈기가 없다면 세계 여행 이란 부질없는 것이 아닌가!'

그는 스스로를 나무라며 고통을 참았다. 그리고 있는 힘 을 다해 앞으로 나아갔다. 이윽고 냇물의 저쪽이 보였다.

가까스로 맞은편에 이르러서 보니, 발등은 찢어지고 발가

락은 으깨어져 피가 흐르고 있었다. 그러나 마음만은 그렇게 통쾌할 수가 없었다. 첫 번째 난관을 뛰어넘은 것이다.

그는 자신이 건너온 가평천을 뒤돌아보며, 새삼 모든 것이 마음먹기에 달렸다는 것을 절실히 깨달았다.

이 경험이 평생을 통해 그에게 용기와 인내심을 심어 주었다. 그는 일생 동안 그의 앞에 가로놓인 수많은 강물을 굽힐 줄 모르는 용기와 인내심을 가지고 건넜던 것이다. 그리고 그것은 그의 참모습이 되었다.

마침내 서울에 다다른 한용운은 세계 지리와 세계 정세에 대해 좀 더 자세히 알고 싶었다. 그러나 그런 체험담을 들려줄 만한 사람이 없었다.

설악산 암자에서 불목하니 노릇이나 한 그를 상대해 줄 사람도 없었고, 그만한 체험을 한 사람도 그 당시로는 무척 드물었다. 그는 지리책을 읽은 지식을 기초로 자신이 나아갈 길을 스스로 결정하지 않을 수 없었다.

'그래, 가까운 러시아로 건너가 중부 유럽을 거쳐서 미국으로 건너가 보리라.'

실로 그다운 거창한 계획이었다. 그러자면 우선 원산으로 가서, 배를 타고 시베리아의 블라디보스토크에 상륙하는 길밖에 없었다.

그 무렵은 아직 서울과 원산 사이에 철도가 놓이기 전이었다. 한용운은 다시 산길을 걸어 북쪽으로 올라갔다.

그는 철원 부근에서 우연히 두 스님을 만나게 되었다. 그들은 블라디보스토크로 물건을 사러 가는 길이었다. 마침 좋은 길동무를 만난 셈이었다.

세 사람은 원산에서 배를 탔다. 한용운으로서는 기선을 타 보는 것이 처음이었다. 불과 5톤짜리밖에 안 되는 작은 배였지만, 나룻배나 재래식 목선밖에 본 적이 없는 그는 눈이 휘둥그레졌다. 그래서 기선의 내부를 자세히 관찰했다. 그것만으로도 큰 보람이었다.

이윽고 블라디보스토크 항구에 이르러 배가 멎었다. 갑판 위에 나와 보니, 항구와 그 부근의 촌락이 한눈에 바라다보였다.

"왜 정지하지요, 곧바로 들어가지 않고?"

한용운이 궁금하여 묻자, 승무원이 대답했다.

"항구 안에는 수뢰2를 묻어 두어서 함부로 들어갈 수 없

---

2 수뢰(水雷) : 어뢰, 기뢰 따위와 같이 물속에서 폭발하여 적의 배를 파괴하는 무기. 일제 강점기에 일본군에서 쓰던 용어인데 우리나라 해군에서는 어뢰와 기뢰로 구분하여 사용한다.

습니다. 어느 나라 배든지 여기 와서 신호를 하면 러시아 사람이 나와서 배를 몰고 가지요."

그 당시, 블라디보스토크 항은 러시아의 군사 요새여서, 항만에 출입하는 각종 선박에 대해 당연히 엄격한 제한을 하고 있었다. 외국의 항구를 처음으로 구경하는 그로서는 그러한 삼엄한 국방 태세가 조국의 현실과 견주어 볼 때 부러운 일이 아닐 수 없었다.

'오, 가까운 러시아마저도 이렇게 다르구나. 여기에 비하면 우리의 국방 태세는 얼마나 뒤떨어져 있는가.'

기적이 울리자, 자그마한 증기선이 쏜살같이 달려 나와 그들을 항구 안으로 안내해 들어갔다.

블라디보스토크 항은 이미 근대적인 항만 시설을 갖추고 있었다. 배가 항구로 들어가면 곧장 부두에 닿게 되어 있었다. 그 선진 시설에 그는 다시 한번 놀랐다.

상륙하면서 보니, 배에 탄 승객들은 대부분 상인과 노동자였다. 그 중에서 머리를 깎은 사람은 승려인 그들 일행 셋 외에 다른 두 사람이 있었다.

5. 죽을 고비를 넘기다

한용운 일행은 배에서 내리자, 조선인 부락인 개척리를 찾아갔다. 그런데 길가에 띄엄띄엄 눈에 띄는 교포들이 일행을 유심히 살폈다. 그들은 이상한 표정을 띤 채 뭔가 수군거리는 듯했다.

"우리 얼굴이 무엇이 묻었나? 왜 저렇게 뚫어지게 쳐다보지?"

일행 중 한 사람이 이상하다는 듯이 말했다.

"묻긴 뭐가 묻었다는 거요."

다른 하나가 대답했다.

"아마 내가 쓴 이 모자가 이상해 보이나 봅니다."

한용운이 자신이 쓴 승모1를 가리키며 말했다. 그러나 그는 별로 대수롭게 여기지 않았다.

개척리에 다다라 그들 일행은 길가 여관에 들었다. 여관

---

1 승모(僧帽) : 스님이 쓰는 고깔.

에 먼저 들어와 있던 사람들도 그들을 이상한 눈으로 바라보며, 저희들끼리 무엇인가 수군거렸다.

저녁 식사를 마치고 나자, 곧 날이 저물었다. 그때, 문밖 한길에서 여러 사람이 몰려가는 발걸음 소리가 요란하게 들렸다.

"또 죽이러 가나 보군."

"몇 사람인가?"

"둘이라던데?"

"이번 배에서 내린 사람들인가?"

"그렇겠지."

"여러 명 죽는군."

투숙객들의 말을 들으며, 한용운은 등골이 오싹해짐을 느꼈다.

'도대체 누가 누구를 죽인다는 것일까?'

그는 한 사람을 붙들고 물었다.

"지금 사람을 죽이러 간다니, 대체 어떤 사람을 죽인다는 거지요?"

"여기서는 조선에서 머리 깎은 사람만 들어오면 죽이는데, 오늘 배편에 온 두 사람을 죽이러 간답니다."

"머리 깎은 사람을 죽이다니요?"

"일진회 회원이라고 그런답니다."

"일진회 회원이라고요?"

일진회란 송병준, 이용구 등이 조직한 친일 단체로, 그 회원은 일본인 앞잡이였다. 그들은 단발령에 따라 대개 양복을 입고 머리를 깎았다.

블라디보스토크의 조선인 교포들은 일본에 대해 강한 원한을 품고 있었다. 그래서 머리를 깎은 사람만 보면 일진회 회원으로 여겼던 것이다.

그제야 한용운은 아까 교포들이 자기들을 유심히 살피며 수군거리던 이유를 알 것 같았다. 함께 배에서 내린, 자기들 말고 머리 깎은 두 사람이 문득 생각났다. 아마 이번 처형 대상자는 그 두 사람임이 틀림없었다.

"그럼 누가 죽이나요?"

"조선 사람들이 죽이지요."

"무엇을 하는 사람들입니까?"

"하긴 무얼 하겠소. 여기 먼저 와서 러시아에 입적한 사람들이지요."

"재판은 하나요? 어떻게 죽입니까?"

"재판은 무슨 재판이오. 그냥 죽이는 거지요."

"어떻게 죽이는데요?"

"바다에 던져 넣는답니다."

"여기선 사람을 그렇게 함부로 죽여도 괜찮습니까?"

"아무 일 없답니다."

기가 막힐 노릇이었다. 아무리 이곳 교포들이 일본에 대한 원한이 깊다 하더라도, 같은 동포끼리 머리 깎은 사람이면 무조건 일진회 회원으로 몰아서 죽인다는 것은 너무나 끔찍한 일이었다.

"그럼 머리 깎은 사람을 얼마나 죽였나요?"

"많이 죽였죠. 들어오기만 하면 죽이니까요."

"일진회 회원인지 아닌지 가리지도 않고 머리 깎은 사람이면 다 죽여서야 되겠습니까?"

"지금 조선 사람 중에 일진회 회원이 아니고서야 머리 깎은 사람이 어디 있겠습니까. 그러니 다 죽이는가 봅니다."

"우리는 왜 안 죽이지요?"

"글쎄, 알 수 없지요. 아직 더 두고 봐야죠."

그 말에, 한용운은 한층 더 등골이 오싹해지고 말았다. 그러고 보니, 그들 앞에도 죽음이 시시각각 닥치고 있었다. 일행은 경찰서를 찾아가서 신변 보호를 호소하기로 했다.

바로 그때였다. 문밖이 갑작스레 시끄러워지더니, 낯선 청년 10여 명이 신을 신은 채 방으로 뛰어 들어와 한용운

일행을 에워쌌다. 그들의 손에는 저마다 지팡이 하나씩이 쥐어져 있었다. 그것은 공격용 무기였다.

한용운은 위험이 눈앞에 닥쳤으나, 애써 담담한 표정으로 가부좌2를 틀고 앉아 있었다. 그러자 그들 중의 하나가 눈을 부라리며 물었다.

"너희들의 정체는 뭐냐?"

"우리는 중들입니다."

한용운이 대답했다.

"중은 무슨 중이야. 너희들, 일진회 회원이지?"

"아니오, 우리의 차림을 보면 알 것 아니오."

그러자 다른 하나가 더욱 큰 소리로 윽박질렀다.

"정탐하기 위해서 변장을 하고 온 걸 우리가 모를 줄 아나?"

"아닙니다. 정 그렇다면 본국 절에 조회해 보면 알 것입니다."

"중놈이 아닌 건 틀림없다. 중놈이라면 우리가 들어오는

---

2 가부좌(跏趺坐) : 부처의 좌법(坐法)으로 좌선할 때 앉는 방법의 하나. 왼쪽 발을 오른쪽 넓적다리 위에 놓고 오른쪽 발을 왼쪽 넓적다리 위에 놓고 앉는 것을 길상좌라고 하고 그 반대를 항마좌라고 한다. 손은 왼 손바닥을 오른 손바닥 위에 겹쳐 배꼽 밑에 편안히 놓는다.

데도 다리를 포개고 앉아 있을 리가 있나?"

그들은 다른 것에 트집을 잡았다.

"그건 나쁜 것이 아닙니다."

"나쁜 것이 아니라고? 중놈이라면 얼른 일어나 합장을 해야지 다리를 포개고 앉아 본체만체하다니! 아무래도 네 놈들은 변장한 일진회 놈들이 분명하다!"

청년 하나가 한용운을 때리려고 지팡이를 높이 쳐들었다. 이런 험악한 분위기 속에서도 한용운은, 스님들이 참선3을 위해 하는 가부좌에 대해서 그들이 알아듣도록 설명했다. 그는 또 자신의 짐을 풀어서, 그 속에 든 승복이며 불경을 보여 주었다.

그제야 그들은 조금 의심을 푸는 것 같았다.

"좋다, 오늘 밤은 늦었으니 내일 처치하기로 하지."

청년들은 주인을 불러, 도망가지 못하게 단단히 지키라고 이르고는 몰려나갔다.

일행은 이제 꼼짝없이 죽은 목숨이 되어 갇혀 있는 거나 다름없었다. 그들은 뜬눈으로 밤을 새웠다.

---

3 참선(參禪) : 선사(禪師)에게 나아가 선도를 배워 닦거나, 스스로 선법을 닦아 구함.

이튿날 새벽, 한용운은 여관 주인을 불러 사정했다. 여관 주인의 말에 따르면, 어제 몰려왔던 청년들의 우두머리는 엄인섭이라는 사람이었다. 그는 러시아군에 입대하여 훈장까지 받은 사람이었다.

한용운은 주인을 앞세우고 엄인섭을 찾아갔다.

"죽기 전에 유언할 말이 있어 찾아왔습니다."

한용운은 엄인섭의 마음을 움직여 볼 생각이었다.

"유언이라고? 그래, 무슨 유언인가?"

"다른 것이 아니오. 들으니 당신들은 사람을 바다에 빠뜨려 죽인다는데, 나는 바다에 빠뜨리지 말고 그냥 죽여서, 백골이나마 고향에 가져다 묻어 달라는 부탁이오."

이 애국심에 찬 말이 엄인섭의 마음을 움직였다. 그는 무서운 얼굴을 누그러뜨리고 부드러운 목소리로 말했다.

"우리 함께 이노야의 집으로 가 봅시다."

이노야라는 늙은이는 개척리의 대표자 격인 사람이었다.

한용운은 그를 만나자, 고국을 떠나 블라디보스토크까지 오게 된 사정을 자세히 설명했다.

"오, 하마터면 아무 죄도 없는 분을 죽일 뻔했군요. 스님들한테는 아무 일 없게 할 테니 안심하고 돌아가십시오."

그 자리에서 엄인섭은 자기의 명함을 꺼내 사인을 해 주었다. 그것은 신분을 보장해 주는 증명서인 셈이었다. 그러면서 그는 한용운에게 말했다.

"어젯밤 일은 미안하게 되었소. 세계 일주도 좋지만, 이 일대는 어디를 가나 위험하니, 항구나 구경하고 그대로 돌아가도록 하십시오. 항구도 위험하니, 이 명함은 잘 간직하십시오."

한용운은 명함을 받아 소중히 간직했다. 그러고 나자, 그는 마치 무덤 속으로 끌려갔다가 되돌아온 기분이었다.

한용운이 여관으로 돌아와 보니, 남은 두 사람은 죽는 줄 알고 새파랗게 질린 채 염불을 외고 있었다. 그들은 그의 말을 듣고서야 안도의 한숨을 내쉬었다.

한용운은 위기의 순간을 넘기고 나자, 다시 호기심이 생겨나 항구를 둘러볼 생각이 났다. 두 일행은 겁에 질려 아예 따라나설 엄두도 내지 못했다.

한용운이 혼자 항구로 나가자, 청년 대여섯 명이 기다렸다는 듯이 그를 둘러쌌다.

"네가 어제 배에서 내린 놈이지?"

"예, 그렇기는 하지만, 여기 명함이……."

한용운은 엄인섭이 준 명함을 꺼내 보였다. 그러나 그들은 그것을 보지도 않고 찢어 버리고, 그의 두 팔을 비틀어

잡고 바다 쪽으로 끌고 갔다. 그대로 바닷속에 내던질 모양이었다.

한용운은 다시 위험한 순간에 놓이고 말았다. 그는 있는 힘을 다해 끌려가지 않으려고 버티었다. 그는 어릴 때부터 힘이 장사였다. 그러다 보니, 자연 청년들과 싸움이 벌어졌다.

때마침 멀리서 구경하던 중국 사람 하나가 달려와 싸움을 말렸다. 그는 다행히도 우리말을 잘했다. 그는 한용운의 이야기를 다 듣고 나자, 청년들을 나무랐다.

"이것 보시오. 같은 나라 사람끼리 외국에 나와서도 서로 죽이려 들다니, 이런 불행한 일이 어디 있겠소. 이러지들 마시오."

그러나 그들은 낯선 중국 사람의 말을 고분고분 들으려 하지 않았다. 그들은 여전히 한용운을 바다 쪽으로 끌고 가려고 했다.

여러 사람을 상대하여 다투다 보니, 한용운은 기진맥진이었다. 그때, 중국 사람이 큰 소리로 외치자, 러시아 경관 두 사람이 달려왔다. 그 경관들 덕택에, 한용운은 겨우 위기를 면할 수 있었다.

아무리 담이 큰 한용운도 두 번씩이나 죽을 고비를 넘기고 보니, 이제는 더 이상 어정거리고 있을 수 없었다. 그는 허겁지겁 여관으로 돌아와 짐을 챙겨서 일행과 함께 부두로 달려갔다.

그러나 막상 기선을 타려고 해도 뱃삯이 없었다. 혼란 중에 스님들의 돈주머니를 잃어버렸던 것이다. 다행히 짧은 앞바다만 건너면 육지로 해서 돌아가는 길이 있음을 알아냈다. 일행은 서둘러 목선을 타고 앞바다를 건넜다. 그리고 여러 날을 걸어서 두만강을 건넜다.

세계 일주의 원대한 꿈은 출발점에서 이렇게 무참히 깨어지고 말았다. 그러나 구사일생으로 살아서 돌아온 것만도 큰 다행이었다.

6. 다시 백담사로!

한용운은 몰래 떠났던 백담사를 다시 찾아갔다. 면목이
없는 일이었으나, 그로서는 다른 길이 없었다.

그는 연곡 큰스님 앞에 엎드려 절을 올렸다.

"스님, 제가 돌아왔습니다."

"오, 네가 다시 왔구나. 잘 왔다."

"뵈올 얼굴이 없습니다, 큰스님."

"본디 얼굴 그대로인데 무슨 얼굴이 또 있단 말이냐?"

역시 큰스님다운 도량이었다. 그는 큰스님의 은덕을 마
음에 깊이 새겼다.

"열심히 수행하겠습니다, 큰스님."

"그래, 기특하구나. 나무관세음보살······."

한용운은 이번에야말로 진정으로 머리를 깎았다. 그리고
정식으로 수계1를 받고 스님이 되었다. 그리고 학암 스님에

---

1 수계(受戒) : 스님이 되어 계율을 받음.

게서 『기신론』, 『능엄경』, 『원각경』 등을 배우며 어려운 불경을 익혀 나갔다. 그의 정진은 눈부셨다.

그러던 어느 날, 학암 스님이 한용운에게 말했다.

"이제 뗏목이 만들어졌으니 강물에 띄우기만 하면 되겠다. 더 지체 말고 금강산으로 가든지 오대산으로 가든지 떠나거라."

한용운은 스승의 격려와 권유를 받아들였다.

"스승님의 말씀을 따르겠습니다."

한용운이 백담사를 떠날 준비를 하고 있던 어느 날, 이번에는 연곡 큰스님이 그를 불렀다.

"준비는 다 됐느냐?"

이미 큰스님도 그가 떠날 것을 알고 있었다.

"다시 떠나기가 민망하여 말씀드리지 못했습니다."

"네가 지난날 『영환지략』을 읽고 해삼위2까지 갔으니 이번에는 이걸 읽어 보거라."

그러면서 연곡 큰스님은 책 한 권을 내놓았다.

그 책은 양계초의 『음빙실문집』이었다. 그것은 개화기

---

2 해삼위(海參威) : 블라디보스토크.

문물을 다룬 필독 서적으로, 한용운이 벌써부터 꼭 읽고 싶었던 책이었다. 그는 귀중한 서책을 길 떠나는 제자에게 선물하는 큰스님의 마음이 고마울 뿐이었다.

마침내 한용운은 백담사를 떠나 건봉사를 거쳐 금강산 유점사로 갔다. 마침 유점사에서는 월화 스님이 『화엄경』을 가르치고 있었다. 그는 월하 스님에게서 화엄경을 배웠다. 그의 문하에는 전국의 뛰어난 젊은 스님들이 다 모여 있었다.

어느 날, 월하 스님은 제자들을 모아 놓고 시험을 보았다.

"오늘은 누가 글을 많이 외나 시험해 보겠다. 여기서 장원한 사람을 중강으로 삼겠다."

중강은 스승을 대신하여 강의를 맞는 자리였다.

제자들이 차례로 스승 앞에 무릎을 꿇고 글을 외었다. 그런 가운데, 한용운은 4백 50줄의 장문을 한 자 한 구절 틀리지 않고 암송했다. 재주 있다는 스님들도 50줄에서 막히는 판이었다.

"놀라운 재주로군."

"놀랍다기보다 무서운 재주야."

모두들 혀를 내두르는 가운데, 한용운은 스승 월하의 칭찬을 들었다.

"용운은 장차 우리 불교를 떠받들 인재야."

그 말은 제자에 대한 스승의 기대와 바람이었다. 한용운은 그 칭찬에 자기도 모르게 우쭐해지고 말았다.

어느 날, 절 뒤에서 제자들끼리 이야기를 나누는 자리였다. 이야기가 스승 월하의 실력에 미치게 되자, 그는 저도 모르게 스승을 비판하게 되었다.

"듣던 명성에 비하면 별 게 없는 것 같군."

공교롭게도 이 말을 변소에 들어가 있던 스승이 들어 버렸다.

이튿날, 한용운이 스승 앞에 『화엄경』을 펴자, 월하는 전에 없이 꼬치꼬치 파고드는 것이었다. '식수행상3'에 관한 것이었다. 이것은 불교의 가장 난삽한4 학문인 유식학5에 속하는 것이었다. 그럴 줄 알았으면 단단히 보아 둘 것을 잘못했다고 생각했을 때는 이미 늦었다.

그는 자신의 재주만 믿었다가 스승에게 항복하지 않을 수 없었다. 그로서는 생전 처음 드는 백기였다.

---

3 식수행상(識數行相) : 한문 문장을 적절한 시제와 어감으로 해내기 위한 공식.

4 난삽하다(難澁—) : 글이나 말이 매끄럽지 못하면서 어렵고 까다롭다.

5 유식학(唯識學) : 중국 당나라의 현장(玄奘)이 번역한 법상종(法相宗)의 중요 성전.

"잘못했습니다. 항복합니다."

자질구레한 변명이 있을 수 없었다.

"그래, 항복이 사내다워 좋구나."

스승도 흔쾌히 받아들였다.

"다음에 다시 도전해 보게."

"암송이라면 한번 겨뤄 보겠지만, 식수행상엔 자신 없습니다."

그는 깨끗이 두 손을 들고 말았다. 그와 함께 스승 앞에 진정으로 고개를 숙였다.

그런데 이 무렵, 한용운에게는 한 가지 의심이 떠올랐다. 불교 경전만 열심히 공부한다고 해서 과연 참다운 진리를 깨달을 수 있을까 하는 것이었다.

'팔만대장경을 다 왼들 뭘 하겠는가? 불교는 경전을 읽는 것만이 전부가 아니다. 아무리 불경을 연구해도 마음의 깨달음이 없으면 아무 소용이 없지 않은가?'

그는 이 문제를 두고 고민했다. 그러던 중, 월하 스님이 강의를 중단하고 탁발6을 떠난다는 것이었다. 그래서 그도

---

6 탁발(托鉢) : 스님이 수행을 위해 여기저기 동냥을 다니는 것.

따라나서기로 하고, 스승의 바랑7을 대신 걸머졌다.

　월하 스님은 우선 오대산으로 향했다. 한용운이 뒤를 따랐다.

　두 사람이 간성 장터 어느 주막에 들렀을 때였다. 마침 장날이라 수많은 장돌뱅이들이 들끓었다. 월하 스님과 한용운은 다음 절까지 찾아가기가 너무 멀어서, 그 주막에서 하룻밤 유숙하기로8 하고 봉놋방9으로 들어갔다.

　방 안에는 고리타분한 땀 냄새가 코를 찔렀다. 둘러보니 스무 명이나 되는 장돌뱅이가 먼저 자리를 차지하고 있었다. 가로 세로 누운 사람도 있고, 앉아서 투전판을 벌이거나 고누10를 두는 사람도 있었다.

　두 사람이 들어서자, 그들 중 눈길이 험하게 생긴 자가 뇌까렸다.

7 바랑 : 승려가 등에 지고 다니는 자루 모양의 큰 주머니.
8 유숙하다 : 남의 집에서 묵다.
9 봉놋방 : 여러 나그네가 한데 모여 자는, 주막집의 가장 큰 방.
10 고누 : 땅이나 종이 위에 말밭을 그려 놓고 두 편으로 나누어 말을 많이 따거나 말 길을 막는 것을 다투는 놀이. 우물고누, 네밭고누, 육밭고누, 열두밭고누 따위가 있다.

"허, 까까중이 한꺼번에 두 놈이나……."

옆에 있던 자가 그 말을 받아 다시 이죽거렸다.

"중, 중, 까까중……."

"하하하……."

그러자 둘러앉았던 자들이 한꺼번에 웃어 대는 것이었다.

두 사람이 밥상을 받고 있는데, 아까 놀리던 자가 다시 끼어들었다.

"우리, 투전이고 뭐고 걷어치우고 까까중 염불 소리나 들어 보자. 자, 어디 염불 한마디 해 보슈."

두 사람이 잠자코 식사를 들자, 그자가 다시 협박하고 나섰다.

"이 중놈들이 어른이 시키면 시키는 대로 해야지, 밥을 처먹더라도 하라면 하는 거야."

월하 스님은 한용운의 얼굴이 험악해지는 것을 보고 눈으로 제지했다.

"내버려 두게."

그러나 한용운은 스승에게 함부로 이놈 저놈 하는 데는 참을 수가 없었다. 그도 눈짓으로 대답했다.

"저것들을 그냥 둘 수 없습니다."

그때, 한 놈이 다시 한용운의 머리를 만지며 놀렸다.

"꼭 소불알처럼 반들반들하구나."

"무엇이 어째!"

한용운의 입에서 쇳소리가 터져 나왔다. 그와 동시에 그 자가 비명을 지르며 밖으로 나가떨어졌다.

"아이쿠!"

한용운은 월하 스님에게 얼른 말했다.

"스님, 먼저 떠나십시오. 저는 아무래도 한바탕 씨름을 해야 할 것 같습니다."

그 사이에 여럿이 한꺼번에 한용운에게 덤벼들었다.

"야, 중놈이 감히 사람을 치다니!"

월하 스님이 얼른 바랑을 찾아 메고 밖으로 나서는데, 방 안에서는 연달아 비명이 터져 나왔다.

"아이쿠!"

"사람 살류!"

한용운은 달려드는 자를 모조리 문밖에 내동이치고 있었다.

"아, 천하장사 중놈이다!"

"큰코다치겠다. 빨리 도망치자!"

한참만에 달려들던 자들이 다 도망치고 주막은 조용해졌다. 노인 하나가 그 모양을 보고 있다가 중얼거렸다.

"저 스님은 분명히 차력11을 하거나 신통력12을 쓰는 분일 거야……."

한용운은 땀을 닦으며 주인을 불렀다.

"아까 나가신 스님을 모셔 오시오. 그리고 술도 서너 말해 오시오."

주인은 화가 자신에게 미칠까 봐, 중놈이라고 놀려 대는 것을 구경할 때와는 딴판으로 굽실거렸다.

"예, 예, 염려 마십쇼, 대사님."

오래지 않아 월하 스님이 주막에 들어서며 물었다.

"손님들은 다 어디 갔나?"

"예, 마을 간 모양입니다."

한용운의 대답이었다.

"이제 편히 쉬게 되었네. 그런데 어디 다친 데는 없는가?"

두 사람은 주인이 들여온 술을 다 마시고 새벽녘에 주막을 나섰다.

---

11 차력(借力) : 약이나 신령의 힘을 빌려 몸과 기운을 굳세게 함. 또는 그렇게 얻은 힘이나 그런 사람.

12 신통력(神通力) : 무슨 일이든지 해낼 수 있는 영묘하고 불가사의한 힘이나 능력, 불교에서는 선정(禪定)을 수행함으로써 이를 얻을 수 있다고 한다.

이 이야기는 뒷날 한용운이 간성 장터 주막에서 불한당 1백 명을 모조리 물리쳤다는 무용담으로 크게 소문이 났다.

7. 스승의 교훈

월하 스님과 한용운은 낙산사를 거쳐 강릉 대관령으로 접어들었다. 대관령은 아흔아홉 굽이라고 일러 오는 유명한 고개였다. 그 정상에 김유신 장군을 모신 서낭당이 있었다. 두 사람은 서낭당 앞에서 걸음을 멈추었다.

"힘들게 올라와 보니, 흰 구름은 허리 아래 감돌고 관동 팔경이 눈앞에 아른거리는구나."

두 사람은 그 앞에서 잠시 피곤한 다리를 쉬기로 했다.

그런데 별안간 월하 스님이 서낭당에 대고 오줌을 갈기며 소리쳤다.

"대관령 성황신아, 내 오줌 먹어라!"

한용운도 마침 오줌이 마렵던 참이라 월하 스님을 흉내 냈다.

"대관령 성황신아, 내 오줌도 먹어라!"

행인들이 보면 기겁을 할 노릇이었다. 많은 사람들이 그곳을 지나며 경배하는 신성한 곳이 아니던가.

잠시 다리를 쉰 두 사람은 대관령을 넘어 금강면의 계곡을 따라 상원사로 향했다. 그때 월하 스님이 물었다.

"자네도 아까 오줌 공양을 했는가?"

"예, 스님도 보시지 않았습니까."

"나는 안 보았네."

그때였다. 갑자기 한용운에게 두통이 일었다. 머리가 빠개질 것 같은 갑작스런 통증이었다.

"스님, 머리가 아파 죽겠습니다."

"음, 그럴 테지……."

한용운은 골이 깨지는 것 같아 견딜 수가 없었다.

"스님, 제발 두통 좀 멎게 해 주십시오."

"마땅하지. 만인이 치성을 드리는 곳에 오줌을 누었으니, 벌을 받아 마땅하다는 걸세. 내가 한다고 아무거나 따라 하면 되나."

한용운은 그제야 스승을 함부로 여기고 따라 한 자신을 후회했다. 스승과 자신의 경지는 달랐다. 그런데도 함부로 스승의 흉내를 낸 것이다.

"아주 괴로운가?"

"죽을 지경입니다."

"그럼 따라오게."

월하 스님은 한용운을 불러 길 한가운데에 무릎을 꿇게

했다. 그리고 간단한 경을 외운 뒤 꾸짖듯이 말했다.

"'성황신 참회합니다'라고 말하게."

한용운은 그대로 따라 했다.

"만약 자네가 참회하지 않았다면, 자네 머리가 오늘 밤 오대산에서 갈라졌을 걸세. 자네는 아만1을 버리게."

한용운은 스승 보기가 부끄러워 고개를 숙였다.

"그래, 이제 어떤가?"

두통은 어느새 씻은 듯이 가라앉아 있었다.

"그것 보게, 만사는 다 분수가 있는 법일세. 내가 성황신을 희롱한다고 자네까지 희롱하면 되겠나? 이젠 함부로 남앞에서 오만을 떨지 말게……."

스승의 말은 한용운에게 뼈에 스미는 교훈이었다.

이 여행은 오대산에서 끝이 났다. 월하 스님이 오대산 상원사에서 며칠 묵은 뒤 아무 말 없이 사라져 버렸기 때문이었다. 한용운은 섭섭한 마음이 들었으나 혼자 금강산으로 돌아가기로 했다.

이번 여행의 소득이라면 한용운이 자신의 모자람을 스스

---

1 아만(我慢) : 사만(四慢)의 하나. 스스로를 높여서 잘난 체하고, 남을 업신여기는 마음이다.

로 통감2한 것이었다. 스승 월하가 보여 준 도의 경지가 자신으로서는 다다를 수 없는 높이로 여겨졌다. 그가 겸허와 사양의 덕을 쌓을 수 있었던 것도 여행 덕분이었다.

---

2 통감(痛感) : 마음에 사무치게 느낌.

8. 일본 여행

한용운이 금강산 유점사로 돌아와 보니, 월하 스님이 이미 거기에 와 있었다.

"스님, 벌써 와 계시군요."

처음에는 야속한 생각도 없지 않았으나, 이렇게 다시 만나니 반가울 뿐이었다.

"오, 용케 돌아왔군. 옆길로 빠질 줄 알았더니."

그러고 보니, 월하 스님은 한용운을 시험해 본 것이었다. 그런 월하 스님이 다시 그를 위해서 한 가지 일을 주선하고 있었다.

"자네, 내친 김에 바다를 건너 보게."

그것은 일본 여행이었다. 월하 스님은 일본에서 건너온 불교 사절단에 그의 일본 여행을 부탁하여 승낙을 받았던 것이다.

"이번 기회에 일본을 똑똑히 보고 오게."

일찍이 일본 여행을 계획한 바 있던 그로서는 다시없을 좋은 기회였다.

한용운이 부산항을 떠난 것은 1908년 4월 하순이엇다. 그 무렵, 부산항에는 이미 일본인 거주지가 생겨 있었다.

'적의 소굴로 가서, 그들의 개화를 내 눈으로 확인하리라.'

그는 비장한 심정으로 현해탄을 건너갔다.

현해탄을 건너 시모노세키에 내린 한용운은 곧장 도쿄로 갔다. 그리고 일본 불교의 본부인 조동종의 종무원1을 찾아갔다. 종무원의 배려로, 그는 조동종 불교 대학에서 일본어도 배우고, 서양 철학도 청강했다.

한용운은 그해 10월까지 약 반 년 동안 일본에 머물렀다. 그사이에 일본을 둘러보고 신문화를 접하며 견문을 넓혔다.

그러나 이 기간에 있었던 가장 뜻깊은 일은 유학생 최린과의 만남이었다. 최린은 메이지 대학 법학부에 다니고 있었다. 그들은 만나자마자 뜻이 맞았다.

어느 날, 최린의 안내로 두 사람은 일본 전통 술집에 들렀다. 기모노 차림의 여인이 악기를 타고 있었다. 한용운의

---

1 종무원(宗務院) : 종교나 종단, 종파 따위에 관련된 사무에 종사하는 임원.

시선이 낯선 악기에 머물렀다.

"저 악기를 샤미센2이라고 하지요. 고양이 가죽으로 만
든답니다."

최린이 설명했다.

"일본인들은 별별 가죽도 다 쓰는군요."

한용운이 빈정대듯 말했다.

"저 악기와 관련해 일본에 이런 속담이 있소. 바람이 불
면 통장수가 돈을 번다."

"그게 무슨 뜻이오?"

"언뜻 이해가 안 가지요? 이런 뜻이랍니다."

그러고 나서 최린이 설명했다.

"바람이 분다, 모래가 날린다, 모래가 사람의 눈에 들어
간다, 그러면 장님이 많아진다, 장님이 샤미센을 연주해서
돈을 벌어 생활한다, 샤미센에 쓰이는 고양이 가죽의 수요
가 늘어난다, 고양이가 감소한다, 쥐가 늘어난다, 쥐가 통
을 갉아 먹는다, 통 주문이 증가한다, 그래서 통장수가 돈

---

2 샤미센(samisen , 三味線) : 일본의 대표적인 현악기. 고양이 가죽이나 개가죽
  을 붙인 공명 상자에 기다란 손가락판을 달고 비단실을 꼰 세 줄의 현을 그 위
  에 친 것으로, 무릎 위에 비스듬히 얹고 발목(撥木)으로 줄을 튕겨 연주한다.

을 번다는 겁니다."

설명이 끝나자, 두 사람은 얼굴을 마주한 채 웃음을 터뜨리고 말았다. 웃음 끝에 한용운의 빈정거림이 따랐다.

"역시 일본인다운 속담이오."

최린은 잠자코 그의 뒷말을 기다리고 있었다.

"모래가 눈으로 들어간다고 반드시 장님이 되란 법이 있소? 생각하는 것이 그저 외곬으로 좁아터져 가지고는……."

"사물을 관계있는 부분만 보고 관계없는 부분은 아예 보지 않기 때문이오. 그래서 왜인들은 모든 걸 자기들 이로운 쪽으로만 끌고 가는 것이오."

두 사람은 샤미센이 빌미가 되어 이야기가 깊어졌다.

"조만간 일본은 야욕을 드러낼 거요."

"우리 조선을 삼키는 것도 시간문제 아니오. 이미 거의 삼킨 셈이지만……."

"우리는 반드시 일본의 침략을 물리쳐야 하오. 그것이 우리가 해야 할 의무요."

"물론이오. 그러자면 우리는 일본을 철저히 알아야 하오. 이번에 일본을 잘 보고 가시오."

두 사람의 이 만남은 뒤에 3·1운동을 함께 이끌게 되는 계기가 되었다.

한용운이 일본에 있는 동안, 또 하나 주목할 것은 측량에 대해 공부하고, 측량 기계를 구입한 일이었다. 그것은 귀국 후에 토지를 측량하여, 일본의 수탈에 대항하기 위해서였다.

그는 또 한국 불교계의 대표로 온 체면을 잃지 않으려고, 조동종 수행장에서 며칠씩 꼼짝하지 않고 선 수행을 쌓기도 했다. 이것을 본 일본 스님들은 놀라움을 감추지 못하고, 이렇게 감탄할 정도였다.

"조선의 국왕이나 신하는 죽어도, 조선 불교는 죽지 않겠다."

한용운은 그해 10월에 일본 여행을 마무리했다. 그는 귀국 전에 작별 인사차 조동종 관장을 찾아갔다.

그 자리에서 관장이 말했다.

"우리 일본 불교가 장차 조선에 나갈 것이오."

"조선에 일본 불교가 나오다니?"

한용운은 크게 놀랐다.

"지난날에 조선 불교가 이 나라에 전해진 은혜를 갚기 위해서라도, 일본 불교가 조선에 들어가는 것은 좋은 일이라 생각하오."

그것은 일본이 우리나라 국토를 빼앗고, 이제는 신앙마

저 빼앗으려는 흉계였다. 한용운은 분개하며 부르짖었다.

"어디 그렇게 해 보시오. 일본 군대가 우리나라 땅을 짓밟았으니, 일본 승려도 못 짓밟을 일이 없겠지요!"

"……."

"내, 그동안 조동종의 도움으로 여러 곳을 구경했지만, 이제 그 은혜를 없던 것으로 하겠소."

한용운은 자리를 박차고 나와 버렸다.

드디어 떠나올 무렵, 일본 스님 중 하나가 측량 기계며 책으로 해서 부피가 큰 그의 짐을 보고 비웃듯이 물었다.

"승려의 짐이 어찌 그렇게도 크오?"

그러자 한용운은 큰 소리로 웃으며 대답했다.

"이 보퉁이에 일본 땅을 집어넣어 가기 때문이오. 하하하……."

9. 불교계의 새 지도자

한용운이 일본 여행을 마치고 귀국한 것은 그해 10월이었다. 그의 일본 여행은 두 가지 수확을 들 수 있었다.

첫째, 앞에서도 말한 것처럼 최린과의 만남이었다. 만약 그때 두 사람이 만나지 못했다면, 뒷날 3·1 운동에서 그처럼 앞장서서 밀고 나가기는 어려웠을 것이다. 두 사람의 만남은 운명적이었다.

둘째, 부패할 대로 부패한 우리 불교를 일본 불교와 비교하여, 불교 개혁 운동을 일으키는 계기가 된 점이었다.

한용운은 뒤에 이 여행에서 얻은 이론에 힘입어, 『조선불교유신론』이라는 유명한 저술을 남기게 된다.

한용운은 일본에서 돌아오자, 다시 건봉사로 돌아갔다. 그곳에서 그는 월하 스님에게서 배우다 만 『화엄경』과 『반야경』을 학암 스님에게서 마저 배웠다.

1908년 12월, 한용운은 서울로 올라갔다. 그것은 그가 일본에서 사 온 측량 기계를 사용해 볼 기회를 얻기 위해서였다.

'우리 백성들에게 측량 기술을 가르쳐 개인 토지를 일본 놈에게 빼앗기는 일이 없도록 하리라.'

한용운은 서울에서 '경성 명진 측량 강습소'를 열었다. 그는 강습소를 찾은 사람들에게 일본에서 배워 온 측량 기술과 측량 기계의 사용법을 강습했다.

그러는 한편, 시국 강연에 나가 열변을 토하여 독립 의식을 불러일으키기도 했다. 그것은 백성들을 깨우쳐, 비록 국토는 일본에게 빼앗길망정 개인과 사찰이 가지고 있는 토지는 지키자는 생각에서였다. 그러나 측량 강습소는 그의 뜻대로 되지 않았다. 아직도 우리 백성은 무지한 편이었고, 여러 가지 사정도 그의 뜻과는 거리가 멀었던 것이다.

1909년 10월, 그러니까 그가 측량 강습소의 문을 닫고 다시 금강산으로 들어온 그해 가을, 만주 하얼빈 역에서 안중근 의사가 이토 히로부미를 사살하는 대사건이 있었다. 그리고 이듬해 1910년, 마침내 한일 합방이 되고 말았다.

며칠 뒤에야 한용운은 이 소식을 들었다. 그는 마치 미친 사람과도 같았다. 마침 90여 명의 표훈사 스님들이 저녁 공양1

---

1 공양(供養) : 절에서 음식을 먹는 일.

을 하려던 참이었다. 그가 난데없이 나타나 큰 소리로 부르짖었다.

"이 중놈들아, 나라를 빼앗겼는데, 밥숟가락이 입으로 들어간단 말이냐!"

밥과 국, 반찬이 통째로 바닥에 내동댕이쳐지고, 식사 자리는 온통 수라장이 되고 말았다.

다음 날, 한용운은 금강산을 떠나 안변의 석왕사로 갔다. 가만히 앉아 있을 수가 없었던 것이다.

그곳에서 그는 평생토록 친교를 나눈 박한영 스님을 처음 만나게 되었다.

"스님, 나라가 망했습니다. 우리는 어떻게 해야 합니까?"

"나라를 잃었으면 다시 찾아야지요. 그것이 우리가 할 일이지요."

이 비범한 선배 스님과 사귀면서, 그는 나라 잃은 슬픔과 아픔을 조금은 달랠 수 있었다.

얼마 뒤, 한용운은 다시 석왕사를 떠나서 여기저기를 떠돌다가, 옛날의 백담사로 돌아갔다. 그가 가장 오래 몸담았던 그곳이야말로 그에게는 가장 마음 편한 곳이었던 것이다.

한용운은 한 해 여름을 그곳에서 보내며, 그 유명한 『조선 불교 유신론」을 썼다. 한문으로 된 이 글은 그의 불교 사상을 대표할 만한 저작이었다. 이 저작은 1913년에 책으로 간행되었다.

이 글은 승려의 교육, 참선, 염불당의 폐지, 포교, 사원의 위치, 불교의 각종 의식, 불교의 장래와 승려의 결혼 문제 등, 불교의 개혁에 대해 말하고 있다. 한용운의 사상과 지식이 모두 담겨 있는 이 책은 근대 불교 최고의 역작[2]이었다.

그 무렵, 친일파 승려인 이회광 일파가 한국의 사찰 권리권과 포교권, 그리고 재산권 모두를 일본에 넘겨주려는 흉계를 꾸미고 있었다. 나라를 잃은 마당에 민족의 오랜 종교인 불교까지 일본에 넘겨주려는 짓이었다. 이것은 민족정신의 말살을 뜻하는 것이었다.

한용운의 노여움은 불길 같았다.

"이런 쓸개 빠진 것들! 나라를 빼앗기고, 이제 전통적인 민족 신앙까지 넘겨주려 하다니!"

그는 일본에 갔을 때, 장차 일본 불교가 우리 불교를 넘

---

2 역작(力作) : 온 힘을 기울여 작품을 만듦. 또는 그 작품.

볼 것을 이미 예상하고 있었다.

1911년, 마침내 송광사에서 민족의식이 투철한 스님들끼리 한데 모여 총궐기 대회3를 열었다. 한용운은 궐기 대회를 여는 데 앞장섰다.

궐기 대회에 모인 스님들은 친일파 매국노 이회광을 규탄하고, '임제종'이란 새로운 종단을 만들었다. 한용운은 새로이 창설된 이 종단의 관장에 취임했다. 그의 나이 33세였다.

한용운의 명성은 전국 방방곡곡의 스님들 사이에 자자했다. 그는 이미 백담사의 한 스님이 아니라 불교계의 당당한 지도자가 되어 있었다.

---

3 궐기 대회(蹶起大會) : 어떤 문제에 대하여 해결책을 촉구하기 위하여 뜻있는 사람들이 힘차게 일어나는 모임.

10. 만주에 가다

한용운이 만주 여행길에 오른 것은 1911년 가을이었다. 거기에 흩어져 사는 우리 동포들을 만나 가슴의 울분을 털어놓고 싶은 생각에서였다.

민족의식이 투철한 스님들의 총궐기로 자칫 일본에 넘어갈 뻔한 우리 불교의 자주권은 위기를 넘겼다. 그러나 이미 나라는 일본에 빼앗겨 버렸다. 이 강산, 이 고을은 이미 우리의 것이 아니었다. 그것이 한용운은 너무도 억울하고 슬펐다. 그는 빼앗긴 땅덩이에서 더 이상 망국의 울분을 삭이고 있을 수 없었다.

'떠나자. 어디든 이 땅을 떠나서 다른 곳으로 가 보자. 그곳에서 낯선 하늘을 쳐다보며 다시 한번 생각해 보자……'

그 무렵, 만주에는 일제의 압박을 피해 건너간 우리 동포들이 많이 살고 있었다. 그 수가 무려 24만 명을 헤아렸다.

간도1에 도착한 그가 만난 사람은 박은식, 이시영, 이동휘 등 독립지사들이었다. 그들을 만나 독립운동의 방향을 의논했다. 그는 또 흩어져 있는 독립군의 본거지를 찾아,

망명한 동포들에게 타국 생활의 어려움을 묻고, 고국의 소식을 들려주었다. 그리고 그곳 동지들과 협력하여, 길 잃은 짐승처럼 떠돌고 있는 우리 동포를 보호할 방침과 기관 설치 문제를 의논하기도 했다.

그 무렵, 만주에는 망명한 애국지사들이 곳곳에 의병 학교를 세우고, 독립투사를 양성하며 때가 오기를 기다리고 있었다. 1905년에 이상설이 설립한 '서전의숙'을 비롯하여 학교의 수는 무려 50여 군데가 넘었다.

한용운은 그런 학교들을 일일이 찾아가 학생들을 격려했다. 그때 만난 여러 지사들 중에서, 그는 독립투사 김동삼과 특히 뜻이 맞았다.

"그대는, 우리가 펴고 있는 일을 국내에서 후원해 주기 바라네. 불교계도 우리의 독립을 위하여 일어날 때가 되었네."

"그 말이 옳습니다. 돌아가면 무슨 일이 있어도 장군의 뜻을 펴도록 힘쓰겠습니다."

---

1 간도(間島) : 중국 길림성(吉林省)의 동남부 지역. 두만강 유역의 동간도와 압록강 유역의 서간도를 통틀어 이른다. 일제 강점기에 우리나라 사람이 많이 살았다.

그런데 한용운은 이 만주 여행 도중에 또다시 목숨을 잃을 뻔한 위험을 당하게 되었다. 이번에는 블라디보스토크에서 당한 것보다도 훨씬 더 위험한 고비를 맞았다. 그는 직접 몸에 총탄까지 맞았던 것이다.

그 무렵, 만주를 여행한다는 것은 여간 위험한 일이 아니었다. 끝없이 넓은 들판이나 황량한 고원 지대에 우리 독립군 기지나 한국인 촌락이 띄엄띄엄 흩어져 있었다.

그곳을 찾아가는 사람은 아무리 동포라 하더라도 일단 의심과 경계를 받을 수밖에 없었다. 일정한 소개나 믿을 만한 보장이 없으면 일본 정탐꾼으로 의심받기 십상[2]이었다. 그래서 누구 손에 죽을지 알 수 없는 일이었다. 그런데도 한용운은 그런 것은 아랑곳하지 않고 여행을 계속 하다가 그런 위기를 당하게 된 것이다.

김동삼의 독립군 기지를 떠나 통화현에 갔을 때였다. 깊은 산촌의 가난한 한국인 농가에서 하룻밤을 자고, 원시림이 울창한 고개를 넘어가게 되었다.

울창한 원시림이 하늘을 찌를 듯이 우거져, 대낮인데도

----

2 십상(十常) : 열에 여덟이나 아홉 정도로 거의 예외가 없음.

하늘이 잘 보이지 않을 정도였다. 사람의 발자취라고는 찾아볼 수도 없었다.

그런데 마을에서부터 한국인 청년 두 명이 그를 따라오고 있었다.

"그대들은 왜 나를 따라오는가?"

한용운은 이상히 여겨 물었다.

"예, 대사께서 이 깊은 산중에서 길을 잃을까 봐, 고개 너머까지 배웅을 해 드릴까 해서요."

한 청년이 대답하자, 다른 청년이 덧붙였다.

"이곳은 맹수도 맹수지만, 도둑이 무서운 곳이지요. 그리고 자칫하면 길을 잃어, 산중 귀신이 된답니다. 하늘도 앞도 보이지 않으니까요."

"그대들의 친절이 고맙군. 역시 동포가 달라."

이런 이야기를 주고받으며 고개로 접어들었는데, 그들이 항상 일정한 거리를 두고 따라오는 것이 아무래도 수상했다.

'저 젊은 친구들이 어쩐지 심상치 않은걸……. 이 인적 없는 산중에서 꼼짝없이 무슨 봉변이라도 당하는 것이 아닐까?'

한용운은 어쩐지 불안한 생각이 들었다.

바로 그때였다.

"이놈, 일진회 정탐꾼아! 네가 무슨 중놈이냐! 이 왜놈 앞잡이야!"

고함 소리와 함께 세 발의 화승총 총성이 울리고, 한용운은 그만 총탄 세례를 받았다.

한 발의 총탄은 귀에 맞고, 두 번째 총탄에 후두부3를 맞았다. 세 번째 총탄을 맞기 전에, 그는 그들에게 호령을 하려다가 그대로 쓰러져 정신을 잃고 말았다.

한용운 자신이 나중에 쓴 글의 표현을 빌면 '생에서 사로 넘어가는 순간'이었다. '온몸이 지극히 편안한 것' 같았고, '그 편안한 것까지 감각을 못 하게' 되면서, 그는 차차 정신을 잃어 갔다.

그런데 그때 기적이 일어났다. 그의 눈앞에 절세의 미인인 관음보살이 나타난 것이다. 관음보살은 눈부신 모습으로, 고운 손에 꽃을 들고 그를 향해 미소 지었다. 관음보살은 그에게 꽃을 던져 주며 말했다.

"그대는 생명이 매우 위태로운데, 어찌 가만히 있나요?"

---

3 후두부(後頭部) : 머리의 뒷부분.

그 소리에 정신을 차린 한용운은 눈을 뜨고 사방을 둘러보았다. 주위는 여전히 어두컴컴하고 눈앞이 어찔어찔했다. 피가 도랑이 되어 흘러내리고 있었다.

그런데 총을 쏜 두 청년 중 하나가 그의 짐을 뒤지고 있고, 다른 하나는 큰 돌을 들어 올리려고 움찔거리고 있었다. 아직도 숨이 붙어 있는 그에게 안기려는 모양이었다.

그는 다시 정신을 바짝 차렸다. 그리고 피가 철철 흐르는 채로 벌떡 일어나 오던 길을 되짚어 달아나기 시작했다.

그것은, 그가 흘린 핏자국을 따라 뒤쫓아 올 때, 지금까지 쫓기던 길로 간 흔적이 있으면 더욱 빨리 쫓아올 것 같았기 때문이다. 그 반면에 오던 길로 되돌아간 것을 보면 안심을 하고, 애써 뒤쫓지는 않을 것이라는 생각에서였다. 말하자면 그들을 안심시키고 빠져나가자는 계책이었다.

그렇게 부상을 당하고도 그런 생각을 한 것을 보면, 그의 지혜는 참으로 놀라웠다. 그런 그의 의지가 결국 그 울창한 원시림을 빠져나와, 중국 사람의 농가에까지 이르게 했다.

마침 촌장의 집에 여러 사람이 모여 있었다. 그들은 피를 철철 흘리며 뛰어든 그를 보자 깜짝 놀랐다. 그들은 우선 피가 흐르고 있는 곳을 싸매어 응급 처치를 해 주었다.

얼마 뒤, 총을 쏜 청년들이 거기까지 뒤쫓아 왔다. 그러나 그들은 조금도 겁내지 않고 가슴을 벌리고 외쳤다.

"어디 더 쏠 테면 쏴라! 나는 네놈들이 생각하는 정탐꾼이 아니다! 일본놈 앞잡이가 아니다!"

그러자 그들은 그대로 사라져 버렸다.

한용운은 중국인 촌락에서 통화현 현청 소재지로 옮겨졌다. 그리고 그곳에서 머리의 상처를 치료받게 되었다. 그의 상처는 매우 심했다.

독립투사 김동삼이 소식을 듣고 한 의사를 추천했다. 그는 그 의사한테 수술을 받게 되었다. 큰 수술에다 복잡한 수술이었으므로 마취를 하지 않으면 안 되었다.

"마취를 해야 합니다. 그렇지 않으면 아파서 견딜 수 없어요."

의사가 그에게 권했다.

"왜 내 정신을 두고 마취를 한단 말이오? 염려 말고 그냥 수술하시오. 아픈 것도 기쁜 것도 내 몫이니, 내가 떠맡겠소."

그는 의사의 권유를 한마디로 거절해 버렸다.

너무도 단호한 거절 때문에, 의사는 할 수 없이 그냥 후두부를 수술하기 시작했다. 뼈에 박힌 총탄을 빼내는 수술이었으니, 그 고통은 더 말할 나위도 없었다.

뼈가 으스러져서, 살을 째고 으스러진 뼈를 주워 내고 긁어냈다. 뼈 긁는 소리가 바각바각하고 그의 귀에까지 들렸다. 하지만 뼛속에 박힌 총탄은 다 빼내기가 어려웠다.

그는 그 무서운 고통을 끝까지 견뎌 내고 수술을 마쳤다. 수술이 끝나고도 아픔은 오랫동안 계속되었다.

"이 사람은 인간이 아니라 살아 있는 부처로군."

의사는 혀를 내두르며 감탄했다.

한용운은 이때에 입은 상처로 신경이 끊어져서 날만 추우면 고개가 절로 휘휘 내둘렸다. 그는 다 긁어내지 못한 총탄을 뼛속에 박은 채, 평생토록 체머리를 흔들며 살게 된 것이다. 나라 잃은 한을 풀어 보려고 떠난 여행에서, 그는 일생을 두고 버릴 수 없는 버릇 하나를 얻은 셈이었다.

전하는 이야기에는 이런 것이 있다.

뒷날, 총을 쏘았던 독립군 청년들이 한용운 앞에 나타났다. 일본의 첩자로 잘못 알고 총부리를 들이댄 잘못을 빌러 온 것이다.

청년들은 무릎을 꿇고 용서를 빌었다. 한용운은 그들을 일으켜 세우고, 오히려 이렇게 위로했다고 한다.

"내게 빌 것은 하나도 없네. 나는 독립군이 그렇게 씩씩한 줄은 몰랐네. 오히려 마음이 든든하네. 우리 조선의 독립은 낙관적이니까 말일세."

11. 3 · 1 운동 전야

1911년 겨울, 한용운은 만주 여행에서 죽을 고비를 용케 넘기고 돌아와, 이듬해 양산 통도사로 내려갔다.

그가 통도사로 내려간 것은 하나의 계획이 있어서였다. 그곳에 보관되어 있는 고려 대장경 1511부를 하나하나 읽어 보려는 것이었다. 실로 그것은 대단한 계획이었고, 또 아무나 엄두를 낼 수 있는 일도 아니었다.

이듬해부터 한용운은 그 일에 매달렸다. 밥 먹는 시간만 빼고는 거기에 몰두했다. 실제로 그렇게 매달리지 않고는 이룰 수 없는 엄청난 일이었다.

이 일은 뒤에 그의 대역작이 된 『불교대전』을 쓰기 위한 기초 작업이었다. 그는 약 1년에 걸쳐 놀라운 노력으로 경전 읽기에 열중했다.

한용운의 『불교대전』은 이때까지 어렵기만 하던 경전을 한눈에 정리해 볼 수 있도록 간추린 것이었다. 이것은 그의 불교 개혁 사상이 이루어 낸 최대의 업적이었다. 그것이 책으로 되어 나온 것은 1914년, 한용운이 범어사에 있을 때였다.

그 뒤, 한용운은 다시 서울로 올라와 조선불교회의 회장 직을 맡았다. 그는 또 각종 사회 운동 단체로부터 강연을 부탁받고 연사로 뽑혀 나갔다. 그러는 사이에 최남선, 이상 재 등과 함께 강연 잘 하는 명사로 손꼽히게 되었다.

"용운 스님의 강연장에 한번 가 보게. 아직도 그의 강연 을 듣지 못했다니."

박한영 선사1는 그를 찾아온 젊은이들에게 이렇게 권할 정도였다.

이 시기야말로 활발한 사회 활동을 통하여 한용운의 사 상이 무르익어 꽃을 피우는 시기였다. 불교의 개혁과 함께, 그의 민족 사상이 더욱 굳어져 가는 시기이기도 했다.

그 얼마 뒤, 한용운은 오랜만에 최린을 다시 만나게 되었 다. 일본에서 처음 만나 동지가 된 최린은 유학을 끝내고 귀국해 있었다. 그는 천도교의 지도자로서, 교파의 건설에 힘을 쏟고 있었다.

그는 해외로 망명한 애국지사들의 의병 운동이나 독립운 동 등의 정보를 많이 알고 있었다. 두 사람은 국내 정세며

---

1 선사(禪師) : 선종(禪宗)의 법리(法理)에 통달한 승려, '승려'의 높임말.

세계 정세 등에 대해, 그동안 나누지 못했던 이야기를 시간 가는 줄도 모르고 나누었다.

특히, 한용운은 최린을 통해 해외의 독립운동에 대해 자세히 들을 수 있었다. 만주에서 이시영, 시베리아에서 이상설, 미국에서 안창호, 하와이에서 이승만이 맹렬하게 활약하고 있었다. 그들과 연결되어 있는 국내 민족 운동의 소식도 한용운에게는 대단히 고무적인 이야기였다.

"그러니 이제 한 동지도 산중에 들어갈 생각 말고, 함께 상황을 살피는 게 좋을 것 같은데, 본인은 어떻게 생각하오?"

최린은 이야기 끝에 이렇게 권했다.

"아직은 시기가 무르익었다고 보기 어려우나, 적절한 때가 오면 우리 불교계도 힘을 합하도록 하겠소."

두 사람은 독립운동에 함께 힘쓸 것을 다시 한번 약속했다.

1915년, 한용운은 조선선종 중앙포교당 포교사가 되어 일을 보았다. 그리고 1917년에는 백담사를 거쳐 오세암에 들어가 한참을 보냈다.

이때, 그는 비로소 깨달음의 경지에 들었다.

그해 겨울 12월 8일이었다. 당시 그는 동안거 기간 중이었다. 동안거란 음력 10월 16일부터 이듬해 1월 15일까지 미리 석 달 기한을 두고 참선2하는 것을 말한다.

눈이 쌓인 산속의 절은 고요하기만 했다. 깊은 밤, 참선에서 깨어난 그는 밖으로 나갔다. 살을 에는 찬 바람 속에서, 그는 눈을 감고 무슨 소리에 귀를 기울였다. 눈보라가 휘몰아치는 속에 무엇이 땅에 떨어지는 소리가 이 세상을 송두리째 부수어 놓는 것만 같았다.

곧 세상이 무너지는 듯한 소리가 그의 심장을 때렸다. 그 순간, 그는 부처를 향해 마음의 문이 열렸다. 그것은 참 깨달음의 세계요, 영원한 진리를 터득하는 순간이었다. 오랜 참선 생활이 이제 열매를 맺어, 그는 불도의 참 이치를 깨닫게 된 것이다.

그는 진리를 깨닫는 순간, 그는 다음과 같은 오도송3을 읊었다.

사나이 이르는 곳 어디나 고향인데

---

2 참선(參禪) : 선사(禪師)에게 나아가 선도를 배워 닦거나, 스스로 선법을 닦아 구함.
3 오도송(悟道頌) : 도(道)를 깨닫고 읊는 시.

숱한 사람 얼마나 나그네로 지냈던가.
한마디 외쳐서 우주를 갈파하니4
눈 속의 복숭아꽃 빨갛게 나부낀다.

한용운이 다시 서울에 올라온 것은 1918년 여름이었다.
그러니까 3·1 운동이 일어나기 바로 전해였다. 이번에 서
울에 온 것은, 그의 오랜 꿈이었던 정기 간행물을 발간해
볼 목적에서였다.

그해 9월, 그의 꿈이 이루어져, 월간 불교 잡지 『유심』이
창간되었다. 편집, 발행인은 물론 한용운 자신이었고, 거의
혼자서 만든 1인 잡지였다.

그러나 그의 잡지사 역시 측량 강습소나 다를 바 없었다.
경영에 실패하여 곧 폐간할 수밖에 없었던 것이다.

그 무렵, 세계 정세는 큰 변화가 일어나고 있었다. 즉, 제
1차 세계 대전이 끝나면서, 미국의 윌슨 대통령에 의하여
'민족 자결주의'가 제창되었던 것이다. 민족 자결주의란 각
민족에게 자주권을 주어 세계 평화를 이루어 보자는 주장

----

4 갈파하다(喝破-) : 큰 소리로 꾸짖어 기세를 눌러 버리다.

을 말한다.

이 소식은 한반도에도 들려왔다. 그것은 마치 어둠 속에서 등불을 만난 듯한 희망을 안겨 주었다.

그 무렵, 우리의 독립운동 지도자들은 잡혀 죽거나 자결하여 독립에 대한 의지가 사그라져 있었다. 그럴 즈음에 들려온 이 민족 자결주의의 소식은 피압박 약소민족의 부활을 약속하는 듯한 기대를 갖게 만들었다.

그러나 잦아들었던 자주독립의 열기가 여기저기에서 다시 들끓어 오르기 시작했다. 그것의 결실이 바로 3·1운동이었다.

1919년 1월, 윌슨 대통령의 민족 자결주의 제창 소식을 들은 최린, 현상윤, 송진우, 최남선 등은 계동에 있는 중앙학교 숙직실에 모여, 조선 독립에 대한 의견을 몰래 나누었다.

"이번의 민족 자결주의 제창이야말로 약소민족이 독립할 수 있는 절호의 기회라고 생각하오. 이 기회에 우리 조선도 반드시 독립을 쟁취해야 합니다."

"그렇습니다. 이런 기회에 꺼져 가는 독립운동의 등불을 다시 밝히고, 국민들에게 자주독립 정신을 일깨워 주어야 것입니다."

"그러려면 우리의 의지를 밝히고 세계만방에 나라의 독립을 알려야 합니다."

그들의 젊음과 애국심은 민족에 대한 무한한 희망으로 한데 뭉쳐졌다. 그러나 이 민족 운동이 자기들의 힘만으로는 결실을 거두기 어렵다는 판단을 내렸다.

"이 운동을 성공시키려면 전 국민의 지지를 받을 수 있는 지도자를 내세워야 합니다."

"그렇습니다, 민족 지도자들을 모으도록 합시다."

그들은 이 운동을 성공시키기 위해서는 민족 지도자들이 한데 뭉쳐야 한다는 데 뜻을 모았다.

그런데 이런 운동의 기운은 국내에서만 번진 것이 아니었다. 이미 만주에서 여준을 비롯한 혁명가 39인이 조선독립선언서를 채택하여 발표했고, 송계백 등 도쿄 유학생 6백여 명도 이광수가 쓴 독립선언문으로 2·8 독립선언을 행했다.

최린은 중앙학교의 비밀 모임 직후 한용운을 만났다.

"한 동지, 드디어 때가 왔소. 한 동지가 민족 지도자들을 뭉치게 하는 데 앞장서 줘야겠소. 그리고 불교계를 책임져야 하오."

"좋소, 내 힘이 닿는 대로 그 일을 돕겠소. 이 한 몸을 다

바쳐서 말이오."

이리하여 1919년 1월부터 2월 사이는 한용운에게 있어서 가장 바쁜 시간이었다.

그는 3·1 운동을 준비하는 동안, 여러 사람들을 만났다. 물론 민족 지도자를 한데 뭉치기 위해서였다.

그가 만나 본 사람들 중에는 구한말의 중요 인물들인 박영효, 윤용구, 한규설, 김윤식, 윤치호 등도 있었다. 그러나 그들은 모두 이 운동에 앞장서기를 거절했다.

"죽기 참 힘든 게로군!"

그는 이렇게 말하고 돌아섰다.

어느 날, 한용운은 독립운동 자금을 마련하기 위해 나라의 부자로 꼽히는 민영휘를 찾아갔다.

"바야흐로 국제 정세는 민족 자결주의를 부르짖는 때입니다. 이때에 우리도 독립 선언을 하는 것이 어떻겠습니까?"

한용운은 민영휘의 속을 떠보려고 넌지시 물었다.

"그야 이를 말이겠습니까. 조선 사람으로 조선의 독립을 싫어할 사람이 어디 있겠습니까?"

민영휘의 대답이었다.

한용운은 그의 대답을 듣자, 안심하고 모든 이야기를 그에게 털어놓았다. 그러고는 이 일을 도와줄 것을 요청했다.

그런데 민영휘는 대답은 그렇게 했으면서도 선뜻 응할 기색이 아니었다. 함께 가담하기에는 망설여지는 모양이었다.

한용운은 품속에서 미리 준비한 육혈포5를 꺼냈다. 그러자 민영휘의 얼굴이 파랗게 질리고 말았다.

"그 일에 대찬성이면서도 드러내 놓고 돕지 못하는 제 사정을 이해해 주십시오. 하지만 뒤에서 몰래 돕겠습니다, 필요한 자금도 원조할 것을 약속하겠습니다."

참으로 반가운 말이었다.

"정말 고맙소."

한용운은 꺼낸 육혈포를 민영휘에게 건네주었다. 알고 보니 장난감 권총이었다.

그 뒤로, 한용운은 민영휘와 친해져서 여러모로 그의 도움을 받았고, 죽을 때까지 우의를 나누었다.

마침내 독립운동의 민족 총대표로 천도교의 손병희가 추대되었다. 기독교 쪽에서는 이승훈이 가담했다.

---

5 육혈포(六穴砲) : 탄알을 재는 구멍이 여섯 개 있는 권총.

한용운은 불교 측의 동지를 구하느라 애를 썼다. 그러나 쉬운 일이 아니었다. 일본 경찰의 감시가 심한 데다 시일까지 급박했던 것이다. 그래서 여러 사람을 모으지는 못하고, 해인사에 있는 백용성 선사를 대표로 하는 데 그치고 말았다.

이로써 기독교, 천도교, 불교가 손을 맞잡은 셈이었다. 그 뒤, 각 종교계의 추천으로 민족 대표 33인이 결정되었다. 기독교 16명, 천도교 15명, 불교 2명이었다.

민족 대표가 결정되자, 한용운은 최린을 만나 이렇게 제의했다.

"독립운동을 하는 데 폭력을 쓰면 절대로 성공할 수 없소. 평화적인 우리의 뜻을 세계에 알려, 여러 나라의 후원을 얻는 것이 어떻겠소?"

"나도 비폭력주의에 전적으로 찬성이오. 그렇게 해야 여러 나라의 후원을 얻는 것은 물론, 일본 정부와 의회에도 동정을 받을 수 있을 게 아니겠소."

이렇게 하여 독립운동의 행동 방법은 비폭력주의로 정해졌다.

다음으로 남은 것은 독립 선언서 문제였다. 2월에 접어들자, 이 문제가 논의되었다. 선언서를 미리 준비해 둘 필요가 있었던 것이다.

선언서는 최남선이 쓰기로 결정되었다. 그는 며칠 동안 친구의 집에 숨어서 선언서를 지었다. 그런데 재미있는 것은, 그 친구의 부인이 일본인이라는 점이었다. 그 부인은 최남선이 독립 선언서를 쓰는 줄도 모르고 며칠 동안 정성을 다해 대접했다고 한다.

선언서의 원고를 완성한 최남선은 그것을 한복 저고리의 동정에다 꿰매 가지고 최린의 집으로 갔다. 그날이 2월 15일이었다.

최린은 최남선이 쓴 독립 선언서를 읽어 본 뒤에 흡족하게 여기며, 그것을 벽에 걸려 있는 거문고 속에 감추었다.

최남선은 독립 선언서와 함께 일본 정부, 귀족원, 중의원 및 조선 총독부에 보내는 통고서와 미국 윌슨 대통령에게 보내는 청원서, 그리고 파리 강화 회의에 보내는 서한도 작성했다.

그 얼마 뒤, 한용운은 최린을 찾아갔다. 마침 독립 선언서 이야기가 나오자, 그는 이렇게 주장했다.

"민족 대표로 서명을 하지 않겠다는 사람에게 독립 선언서를 쓰게 한 것은 잘못이오."

최남선은 자신이 선비이므로 정치에는 직접 관여하지 않

겠다면서 서명을 사양했던 것이다.

"그럼 어떻게 하면 좋겠소?"

"우리는 이미 생사를 같이하기로 하였으니 내가 쓰겠소."

"그럴 만한 시간이 없으니 그냥 쓰기로 합시다. 여기 있으니 한 번 읽어 보시오."

최린은 거문고 안에서 선언서를 꺼내 보여 주었다. 한용운은 그것을 받아 읽어 보고 눈살을 찌푸렸다.

"너무 장황하고 어렵군."

"그렇지만 이렇게 촉발한 때에 다시 쓴다는 것은 아무래도 무리요. 이 자리에서 좀 고쳐서 인쇄에 넘기도록 합시다."

한용운도 할 수 없이 그 말을 따르기로 하고, 대신 선언서 끝에 공약 3장을 직접 추가하여 썼다.

독립 선언서의 인쇄는 천도교에서 경영하는 보성사라는 인쇄소에 맡겨졌다. 그 전에 오세창이 몇 군데 손을 보았다.

보성사에서는 밤을 새워 선언서 3만 장을 찍었다. 물론 이 모든 일은 비밀리에 이루어졌다.

12. 그날의 함성

드디어 거사 날짜가 정해졌다. 3월 1일이었다.

때마침 나라에는 고종 황제의 국상1 중이었다. 일본인들이 누군가를 시켜 고종을 독살했다는 소문이 나돌아, 민심이 극도로 사나웠다.

고종의 국장일을 앞두고 전국에서 많은 사람들이 몰려들 것이라, 독립운동을 일으키기 안성맞춤의 기회였다.

거사의 장소는 파고다 공원으로 정했다. 그것도 언제나 사람들이 많이 모여드는 곳이기 때문이었다.

독립 선언서를 배포하는 일은 서울 시내의 학생단이 맡았다. 운동 본부의 지시에 따라, 서울 시내 각 전문학교 및 중학교 학생 대표 수십 명이 승동 예배당에 모여 선언서를 배부 받고, 그것을 시내 곳곳에 배포하기로 했다. 그리고 3월 1일 오후 2시에 파고다 공원에 모여 시위운동을 벌이

---

1 국상(國喪) : 국민 전체가 복상(服喪)을 하던 왕실의 초상. 태상왕(太上王), 상왕(上王), 왕, 왕세자, 왕세손 및 그 비(妃)의 상사(喪事)를 이른다.

기로 결정했다.

1919년 2월 28일, 운명의 거사 전날 밤, 가회동에 있는 손병희의 집에서 민족 대표들의 모임이 열렸다. 33인 중 참석한 사람은 23인이었다. 최후의 만찬인 셈이었다.

아무도 선 듯 입을 열지 않았다. 모인 사람들은 입을 다문 채, 내일이면 벌어질 일을 머리에 그리고 있었다. 그동안 온갖 어려움 속에 추진해 온 독립운동이 하룻밤이 지나면 마침내 실현되는 것이다.

한참만에 주인인 손병희가 먼저 입을 열었다.

"이번 우리의 거사는 조상의 유업을 이어받고, 자손만대에 번영을 가져오려는 민족의 대사입니다. 따라서 이 성스러운 일은 반드시 성취될 것입니다. 우리 모두의 소망이요, 2천만 민족의 소망인 대한독립을 꼭 이루리라 믿습니다."

손병희의 목소리는 떨리고 있었다. 그는 잠시 말을 쉬었다가 다시 이었다.

"우리가 독립 만세를 소리 높여 부르는 중에 여기 모인 동지는 물론이요, 우리 겨레가 한 사람도 다치거나 희생되는 일이 없다면 얼마나 다행이겠습니까. 우리는 우리의 뜻이 이루어질 때까지 싸웁시다."

손병희의 비장한 인사말이 끝나자, 모인 사람들은 술 한 잔씩을 따랐다.

"자, 이 성스러운 대사의 성공을 위하여 다 함께 건배 합시다."

그들은 자기의 술잔을 들어 경건하게 건배했다. 참으로 숙연한 분위기였다.

뒤이어 내일 있을 거사의 장소에 대한 의견을 나누었다.

"학생들의 움직임을 보건대, 내일 거사가 있을 줄 알고 많은 청년, 학생들이 모여들 것입니다. 어떻게 했으면 좋겠소?"

"그렇게 되면 군중들 사이에 무슨 동요가 일어나지 않을까 염려스럽습니다."

"그것을 구실로 일본 경찰이 탄압을 가해 올지도 모릅니다."

"우리는 무슨 일이 있어도 평화적으로 시위를 해야 합니다. 어떤 일이 있어도 폭력을 써서는 안 됩니다."

"그렇다면 사람들이 많은 공원을 피해 근처 태화관에 모였다가, 형편을 보아 가며 대처하는 것이 좋겠습니다."

우선 모일 장소를 태화관으로 정하고, 선언문 낭독에 대해서 의논했다.

"긴 선언문을 다 읽을 시간이 있을까요?"

"그럴 시간이 없을 겁니다. 누가 간단하게 선언문의 내용을 설명하고 만세만 부르기로 합시다."

"그럼 누가 그 일을 맡겠소?"

모인 사람들은 좌우를 둘러보았다. 그때, 한 사람이 손을 들었다.

"제가 하겠습니다."

바로 한용운이었다.

"그렇습니다. 한용운 동지가 좋겠소."

모두들 찬성을 하여 한용운이 뽑혔다.

비장하고 숙연한 만찬은 밤 9시 무렵에 끝났다.

모두들 내일 있을 일의 성공을 기원하고 동지들의 건투를 빌면서 헤어졌다. 한용운도 자신의 거처로 돌아왔다. 그의 발걸음은 누구보다도 확신에 차 있었다.

돌아와 보니, 마침 불교중앙학교 제자들이 몇 명 와서 그를 기다리고 있었다. 그들이 어디서 장작을 구해다 지폈는지 오랜만에 방바닥이 따뜻했다. 그의 방은 군불을 지피지 못해 언제나 차가운 냉돌이었던 것이다.

아마 늘 차가운 방에서 지내는 스승이 안쓰러워, 그날만이라도 따뜻한 방에서 자게 하려고 어디서 땔감을 구해 온 모양이었다. 그러나 한용운은 칭찬은커녕 제자들을 크게 꾸짖었다.

"큰일을 앞두고, 방이 이렇게 더우면 정신이 혼미해질 것 아니냐. 누가 이런 짓을 하라고 하더냐."

제자들은 할 말이 없었다. 다만 스승의 그 거룩한 정신에 다시 한번 고개가 숙여질 뿐이었다.

이튿날, 한용운은 새벽 3시에 눈을 떴다. 그는 곧장 찬물로 세수를 하고, 그동안 한 번도 하지 않았던 아침 예불을 올렸다. 그리고 마음속으로 빌었다.

'오늘의 큰 사업을 부디 성취하게 하소서…….'

마침내 3월 1일은 밝았다.

서울 거리는 이틀 뒤가 고종 황제의 국장일이라 지방에서 올라온 사람들로 붐볐다. 시내의 남녀 학생들은 정오를 알리는 시보를 신호로 파고다 공원으로 몰려들었다.

인사동에 있는 태화관에는 약속 시간인 2시가 되기 전에 민족 대표 29인이 모였다. 네 사람은 미처 참석하지 못했다.

그때, 파고다 공원에 모였던 학생 대표들이 태화관으로 달려왔다.

"여기에 계시지 말고 공원으로 가시지요. 모인 군중들과 함께 식을 거행해야 하지 않겠습니까?"

그들은 이렇게 주장하며 민족 대표들을 모시고 가려 했다. 그러나 이미 결정한 바가 있으므로, 대표들은 그들을 설득했다.

"자네들의 마음은 잘 알겠네. 하지만 거기서 식을 거행하게 되면 무슨 불상사가 일어날지도 모르네. 그렇게 되면 미처 독립을 선언하지도 못하고 왜놈들에게 탄압의 구실만 주게 되네."

학생 대표들은 할 수 없이 그냥 돌아갔다.

"자, 이제 독립 선언식을 거행하도록 합시다."

드디어 민족 대표들은 선언식에 들어갔다. 탁자 위에는 백여 장의 선언문이 놓여 있었다. 일동은 떨리는 손으로 선언문을 펴 들었다. 그들의 얼굴에는 굳은 결의가 떠올랐다. 아무도 소리 내어 선언문을 낭독하지 않았지만, 너무나 벅찬 감격으로 상기된 모습들이었다.

한용운이 자리에서 일어났다.

"우리는 오늘 이 자리에서 대한독립을 세계만방에 선포합니다. 독립을 선포한 이상, 우리는 최후의 일인까지 최후의 일각까지 싸워야 합니다. 그래서 반드시 독립을 쟁취해야 합니다. 여러분, 다 함께 만세 삼창을 부릅시다!"

짧지만 불을 뿜는 연설이었다. 그리고 그의 선창으로 독립 만세 소리가 태화관이 떠나갈 듯이 울려 퍼졌다.

이와 때를 같이하며 파고다 공원에서도 독립 만세 소리가 천지를 진동시키고 있었다.

"대한 독립 만세!"

"대한 독립 만세!"

시민 1만 5천여 명, 학생 5천여 명이 목청껏 부르는 만세 소리는 너무도 우렁찼다. 거기에다 10년 만에 보는 태극기의 물결이 온통 공원을 뒤덮었다.

한편, 민족 대표들의 난데없는 만세 소리에, 태화관 주인이 혼비백산하여 달려왔다.

"여러 선생님들, 왜 이러십니까! 부디 그만두십시오. 일본 헌병이 알면 큰일 납니다."

주인은 대표를 붙들고 애원했다.

"주인이 그토록 난처하다면, 지금 곧 총독부에 전화를 걸어 이 사실을 알리도록 하시오. 어차피 우리는 붙잡혀 갈 몸이니, 주인이 죄 없이 처벌받을 필요는 없소."

죄 없는 주인이 일본 경찰의 보복을 받을 것을 염려해서 하는 말이었다.

한참 뒤, 일본인 순사와 헌병들이 태화관을 에워쌌다. 민족 대표들은 조금도 동요하지 않고 태연히 앉아 있었다.

그때, 한용운이 다시 일어났다.

"이제 우리는 모두 붙잡혀 가서 감옥에 갇히게 될 것입니다. 감옥에 갇혀 재판을 받는 동안 절대로 변호사를 대지 말고, 보석을 신청하지 말 것이며, 사식을 신청하지 않을 것을 이 자리에서 약속합시다."

'보석'이란 재판 중에 일정한 보증금을 내고 석방되는 것을 말하며, '사식'이란 교도소나 유치장에서 사사로이 돈을 내고 사 먹는 음식을 말한다.

비록 감옥에 갇히더라도 민족 대표로서 떳떳한 일을 했으니, 일본인 앞에서 의젓하게 행동하자는 것을 다짐한 말이었다.

이윽고 순사와 헌병의 지휘자가 최린을 불러냈다.

"모두들 같이 가야 되겠습니다."

"어디로 말인가?"

"경무총감부로 가셔야 합니다."

"좋소. 그러나 걸어갈 수가 없으니 자동차를 준비하시오."

마침내 손병희를 비롯한 민족 대표들은 자동차에 실려, 남산에 있는 왜성대의 경무총감부로 끌려갔다. 그리고 그들은 일본 헌병에 의하여 전원 구속되고 말았다.

한용운은 끌려가는 길에 참으로 감격적인 장면을 보았다.

그가 탄 차가 좁은 골목길을 지나가는데, 열두어 살 되어 보이는 초등학생 두 명이 차를 향해 손을 흔들며 만세를 불렀다. 소년은 일본인 순사의 제지로 개천에 떨어져서도 계속 만세를 부르다가 결국 붙잡히고 말았다. 친구가 잡히는 것을 보면서도 남은 한 소년은 계속 만세를 불러대는 것이었다.

그 감격적인 광경을 보면서 만해의 눈에는 눈물이 비오듯 쏟아졌다. 그는 옆의 최린을 돌아보며 말했다.

"저 어린 학생을 보니, 우리가 한 일이 결코 헛된 일은 아닌 것 같소."

"헛되다니! 우리는 붙잡혀 가도 저들이 들불처럼 일어날 것이오."

한편, 파고다 공원에서는 학생들과 군중들이 모인 가운데 독립 선언서가 낭독되었다.

우리는 오늘 조선이 독립한 나라이며, 조선인이 이 나라의 주인임을 선언한다. 우리는 이를 세계 모든 나라에 알

려 인류가 모두 평등하다는 큰 뜻을 분명히 하고, 우리 후
손이 민족 스스로 살아갈 정당한 권리를 영원히 누리게
할 것이다.

독립 선언서 낭독이 끝나자, 그들은 만세를 외치며 대한
문 쪽으로 밀려 나갔다. 손에 손에 태극기가 펄럭이고 있었
다. 그것은 약소민족의 한에 사무친 외침이었고, 백의민족
의 성스러운 행진이었다.

그 광경을 바라보는 사람들은 누구나 옷깃을 여미지 않
을 수 없었다. 마침 지나가다 이 광경을 본 『매일신보』의
일본인 사장이 그 행렬에 고개를 숙이고 경의를 표할 정도
였다.

다른 일본인이 그것을 보고,

"당신은 일본인이면서 왜 저따위 행렬에 고개를 숙이는
거요?"

하고 묻자,

"이보게, 제 나라를 찾으려는 저 마음이야말로 가장 존엄
한 것이 아니고 무엇인가."

하고 대답하며 눈물을 흘렸다고 한다.

13. 꺾이지 않는 정신

독립 만세 소리의 메아리는 삼천리 방방곡곡으로 퍼져나 갔다. 서북, 호남, 영남, 강원, 관북 지방과 제주도에 이르 기까지. 그리고 그 만세 소리는 만주와 일본에서도 울려 퍼 졌다.

이렇게 되자, 일제는 드디어 그 잔학성을 드러내어 평화 적인 시위 군중을 닥치는 대로 잡아가고, 죽이기에 이르렀 다.

뒷날 밝혀진 것에 따르면, 3·1운동이 일어난 1919년 3 월 1일부터 1920년 3월 1일까지 일 년간 일제에 의하여 목숨을 잃은 사람이 7,645명, 부상을 당한 사람이 45,562 명, 감옥에 갇힌 사람이 49,811 명이었다.

이것만 보아도, 일제가 3·1운동에 대해서 얼마나 가혹 했던가를 알 수 있다. 참으로 놀랍고 엄청난 희생이었다.

민족 대표 32인과 그 동조자 16명은 서대문 형무소로 넘 겨져 조사에 들어갔다. 33인 중의 한 사람인 김병조는 신 의주를 거쳐 중국으로 탈출하여 붙잡히지 않았다.

문초를 받게 된 민족 대표들은 숨기지 않고 조사에 응했다. 한용운은 검찰에서 이렇게 대답했다.

문: 그대가 손병희 외 3인과 같이 조선 독립을 위하여 선언서를 비밀히 배포한 목적과 동기는 무엇인가?

답: 금년 1월 말경, 나는 최린과 함께 나의 집에서 회합을 갖고, 여러 가지 국제 정세에 대한 문제를 의논하던 중, 세계 대전도 끝나고 식민지에 민족 자결주의에 의한 자주독립의 바람이 불고 있으니, 이때에 우리도 독립운동을 일으키자고 하였다. 그러나 적은 인원으로는 목적을 이룰 수 없으니 많은 동지들을 얻는 데 힘쓰자고 약속한 뒤에 헤어졌다.

문: 그 뒤에 어떻게 하였는가?

답: 그 뒤 다시 만나 천도교, 기독교, 불교가 함께 힘을 모아 대표를 뽑고, 그러내 놓고 독립운동을 하자고 하였다. 그 뒤에 여러 동지들을 모아서 어젯밤에 손병희 씨의 집에 모였다.

문: 그곳에서 어떤 의논을 하였는가?

답: 3월 1일에 선언서를 낭독하기로 하였으며, 처음에는 파고다 공원이 적당하다고 결정했으나, 파고다 공원에

는 많은 사람들이 모이므로, 어떠한 사태가 날지 몰라 태화관으로 변경하고 헤어졌다.

문: 태화관에는 언제 모였는가?

답: 모이는 시간은 오후 2시였으나, 나는 1시경에 태화관으로 갔다.

문: 그때 그대가 연설을 하였다지?

답: 그렇다. 나는 간단히 대한 독립 선언을 하게 된 것은 기쁜 일이라고 말했고, 그 목적을 달성하려면 계속 힘써 노력해야 한다고 인사말을 하였다.

검사국의 조사가 끝나자, 사건은 법원으로 넘겨졌다. 민족 대표들은 다시 법원에서 조사를 받게 되었다.

여러 번 조사를 받는 동안, 한용운은 처음부터 끝까지 그 태도를 바꾸지 않았다. 그는 조금도 굽히지 않고, 당당한 태도로 조사에 응했다.

사실 민족 대표 중에는 처음으로 감옥에 갇힌 사람들이 많았다. 따라서 시일이 지남에 따라, '이루어지지도 않을 일을 공연히 한 것이 아닐까? 이러다가 영영 나가지 못하는 것은 아닐까?' 하고 후회하는 사람도 없지 않았다.

지리한 조사가 계속되는 동안, 자신도 모르게 겁을 집어

먹은 사람도 있었다. 함께 독립운동에 가담하기는 했으나 한결같이 확신이 굳은 것은 아니었다.

1919년 3월 1일부터 1922년 3월까지 만 3년 동안의 옥중 생활을 통하여, 처음의 자세를 조금도 흐트러뜨리지 않은 사람은 바로 한용운이었다.

어느 날, 감방 안에 이런 소문이 돌았다. 조선 총독부가 독립 운동가를 국가 반란죄나 내란죄로 다스린다는 소문이었다. 반란죄나 내란죄는 극형에 해당된다. 민족 대표들에게 겁을 주려고, 일본인들이 일부러 퍼뜨린 엄포였다.

"우리는 이제 다 죽었구나."

가뜩이나 평생을 감옥에서 보내지 않을까 걱정하던 사람들은 풀이 죽고 말았다.

"이 일을 어쩌면 좋아……."

그 중의 몇몇은 공포에 질린 나머지 벌벌 떨었다.

이런 모습을 본 한용운은 갑자기 감방 안의 똥통을 들어서 그들에게 내던지며 호통을 쳤다.

"이 비겁한 인간들아, 너희들이 민족과 나라를 위한다는 것들이냐! 그렇게도 겁이 나고 후회스럽거든 지금이라도 당장 잘못했다고 가서 빌어라. 똥보다도 더러운 것들!"

이런 한용운의 태도는 재판관의 심문에 대한 그의 당당

한 답변에서도 잘 나타났다.

1920년 9월 22일, 그는 재판정에 섰다.

"피고는 이번 일로 어떤 벌을 받을 줄 알았는가?"

"나는 내 나라를 세우는 데 힘을 다한 것이니 아무 벌도 받지 않으리라고 생각하였다."

"피고는 앞으로도 독립운동을 할 것인가?"

"물론이다. 언제까지나 이 마음은 그치지 않을 것이다. 만일 몸이 없어진다면 정신만이라도 영원토록 가지고 있을 것이다."

이런 한용운의 답변은 일본인 판사의 가슴을 울려서, '아, 이 운동은 결코 헛되지 않겠구나!' 하는 감탄을 자아내게 했다.

1920년 9월 25일, 결심 공판이 끝나면서 피고인에게 마지막 진술의 기회가 주어졌다.

이때도 한용운은 다른 피고들과 달리 분명하게 선언했다.

"우리는 조국과 민족을 위하여 마땅히 해야 할 일을 한 것뿐이다. 내가 독립운동을 한 것은 총독 정치의 압제가 싫어서가 아니다. 당신들이 선정을 베푼다 하여도 마찬가지일 뿐이다. 압제도 선정도 싫다. 4천 년 역사를 가진 우리 민족이 이제 와서 남의 나라 노예가 되어야 할 이유가 어디에 있단 말이냐?"

그런데 무엇보다도 그의 위대함을 더욱 돋보이게 한 것은 '조선독립에 대한 감상의 개요'일 것이다.

흔히 '조선독립의 서'라고 불리는 이 글은 한용운의 업적 중에서도 가장 위대한 것이라 할 수 있다.

이 글은 예심 공판에서 말로 답변하는 것을 거부하고, 그 답변 대신에 쓴 글이었다. 일본인 판사는 그에게 종이와 붓을 제공했다.

한용운은 아무 참고 자료도 없는 마포 형무소의 마룻바닥에서 동서고금의 일화를 인용하고, 탁월한 비유와 문장으로 그의 뜻을 당당하게 표현한 글을 썼던 것이다. 이 글에서, 그는 독립 선언의 동기와 이유, 총독 정책의 부당함, 그리고 독립의 자신감 등에 관한 자신의 의견을 밝혔다.

자유는 만물의 생명이요 평화는 인생의 행복이다. 그러므로 자유가 없는 사람은 죽은 시체와 같고 평화를 잃은 사람은 가장 큰 고통을 겪는 사람이다. 압박을 당하는 사람의 주위의 공기는 무덤으로 바뀌는 것이며, 쟁탈을 일삼는 사람의 주위는 지옥이 되는 것이니, 세상의 가장 이상

적인 행복의 실재는 자유와 평화에 있는 것이다.

그러므로 자유를 얻기 위해서는 생명을 터럭처럼 여기고, 평화를 지키기 위해서는 희생을 달게 받는 것이다. 이것은 인생의 권리인 동시에 또한 의무이기도 하다. 그러나 참된 자유는 남의 자유를 침해하지 않음을 한계로 삼는 것으로써, 약탈적 자유는 평화를 깨뜨리는 야만적 자유가 되는 것이다. 또한 평화의 정신은 평등에 있으므로 평등은 자유의 상대가 된다. 따라서 위압적인 평화는 굴욕이 될 뿐이니 참된 자유는 반드시 평화를 동반하고, 참된 평화를 반드시 자유를 함께해야 한다. 실로 자유와 평화는 전 인류의 요구라 할 것이다. (중략)

이른바 강대국, 즉 침략국은 군함과 총포만 많으면 스스로의 야심과 욕망을 충족시키기 위하여 도의를 무시하고 정의를 짓밟는 쟁탈을 행한다. 그러면서도 그 이유를 설명할 때는 세계 또는 어떤 지역의 평화를 위한다거나 하는 기만적인 헛소리로서 정의의 천사국으로 자처한다. 예를 들면, 일본은 폭력으로 조선을 합방하고 2천만 민중을 노예로 취급하면서도, 겉으로는 조선을 병합함이 동양 평화를 위함이요, 조선 민족의 안녕과 행복을 위한다고 하는 것이 그것이다.

약자는 본래부터 약자가 아니요, 강자 또한 언제까지나 강자일 수 없는 것이다. 갑자기 천하의 운수가 바뀔 때는, 침략 전쟁의 뒤꿈치를 물고 복수를 위한 전쟁이 일어나는 것이니 침략은 반드시 전쟁을 유발하는 것이다. 그러므로 어찌 평화를 위한 전쟁이 있을 수 있겠으며, 또 어찌 자기 나라의 수천 년 역사가 외국의 침략에 의해 끊기고, 몇 백, 몇 천만의 민족이 외국인의 학대 밑에서 노예가 되고 소와 말이 되면서 이를 행복으로 여길 수 있겠는가.

어느 민족을 막론하고 문명의 정도 차이는 있을지언정 피가 없는 민족은 없는 법이다 이렇게 피를 가진 민족으로서 어찌 오래도록 남의 노예가 됨을 달게 받겠으며, 나아가 독립자존을 도모하지 않겠는가. 그러므로 군국주의, 즉 침략주의는 인류의 행복을 희생시키는 가장 흉악한 마술에 지나지 않는다. 어찌 이 같은 군국주의가 무궁한 생명을 유지할 수 있겠는가. 이론보다 사실이 그렇다. 칼이 어찌 만능이며, 힘을 어떻게 승리라 하겠는가. 정의가 있고 도의가 있지 않은가.

이 글은, 한 벌은 재판소에 제출되고 다른 한 벌은 밖으로 유출되어, 1919년 4월 세워진 상하이 임시 정부에 전달

되었다. 그리고 그해 11월 4일자 독립신문에 실리기까지
했다.

마침내 1920년 10월 30일, 한용운은 경성 복심법원 특
별법정에서 열린 선고 공판에서, 민족 대표 중 가장 무거운
형인 징역 3년을 선고받았다. 손병희, 최린 등과 함께였다.

형을 선고받고 감옥살이를 하는 동안에도 한용운의 꼿꼿
한 자세는 조금도 변치 않아서 일본인 간수들조차 혀를 내
두르며,

"저 중놈이 제일 지독한 놈이야."

"저놈한테는 당해 낼 수가 없어."

하고 무서워했다.

1922년 3월, 한용운은 감옥살이를 마치고, 다른 몇 사람
과 함께 풀려나게 되었다. 추운 밤이었다.

많은 사람들이 그의 출옥을 축하하기 위해 몰려와 있었
다. 먼저 나온 동지들도 있고, 서명을 거절했던 인사들도
있었다.

그는 그들에게 한마디 던졌다.

"그대들은 남을 마중할 줄은 아는 모양인데, 왜 남에게
마중을 받을 줄은 모르는가?"

그 얼마 뒤, 조선 불교 청년회 주최로 기독교 청년회관에

서 '독립운동가 출감 기념 강연회'가 열렸다. 강연장은 일찌감치 초만원을 이루었다. 미처 돌아오지 못한 사람들로 문밖까지 대성황이었다.

한용운은 출감자를 대표하여 연사로 나왔다. 그날의 강연 제목은 '철장 철학'이었다.

"여러분, 우리들의 가장 큰 원수는 대체 누구일까요? 소련? 미국? 아닙니다. 그럼 일본? 남들은 그렇게 말합니다. 모두들 그래요. 일본이 우리의 가장 큰 원수라고……."

말이 채 끝나기도 전에,

"중지! 중지!"

하고, 강연장에 나와 있던 일본 순사가 낯빛이 변한 채 연설을 중지시켰다.

그러자 한용운은 재빠르게 말머리를 돌렸다.

"우리의 원수는 일본이 아닙니다. 절대로 아닙니다. 그러니 다들 안심하고 안심하십시오. 일본이 어찌 우리의 원수 겠습니까. 그렇다면 우리의 원수는 누구일까요? 소련도 미국도 일본도 아닙니다!"

그는 잠시 말을 끊고 청중들을 한 바퀴 둘러본 뒤 목소리를 높였다.

"우리의 원수는 바로 우리 자신들의 게으름입니다. 이것이 우리의 가장 큰 원수가 아니고 무엇이겠습니까!"

연설은 두 시간이나 계속되었는데, 그는 이 연설로 회관을 가득 메운 청중들을 완전히 사로잡아 버렸다. 그의 연설이 얼마나 감동적이었는지, 그 자리를 지켜보려고 나온 일본 경찰관까지 자기도 모르게 박수를 칠 정도였다.

그 뒤로, 자주 대중들 앞에 나와 연설할 기회가 많았다. 그는 타고난 웅변가였다. 풍부한 지식과 폭넓은 경험, 그리고 뛰어난 기억력으로 웅변가로서의 조건을 모두 갖추고 있었다. 거기에 뚜렷한 신념과 뜨거운 열정까지 간직하고 있었다.

한용운이 자주 선 연단은 기독교 청년회관이었다. 이때는 이른바 조선 총독부의 문화 정책에 따라 언론의 자유가 어느 정도 허용되었다.

그의 강연이 있다고 하면, 회관은 청년들로 가득 메워졌다. 몇 시간씩이나 미리 와서 기다리는 사람들도 있었다.

그는 장내를 가득 채운 청년들 앞에서 때로는 꾸짖고, 때로는 웃기기도 하며 불같은 웅변을 토해 냈다. 그래서 꺼져 가는 민족혼을 일깨우려고 애썼다.

14. 님의 침묵

다시 해가 바뀌어 1925년, 이 해는 한용운의 일생에 있어서 가장 찬란한 한 해였다. 이 해에 저 위대한 시집 『님의 침묵』을 완성했던 것이다. 그는 6월부터 8월까지 이 시집에 담긴 88편의 시를 썼다.

때는 여름이었다. 한용운은 문을 열어 놓은 채 설악을 바라보고 있었다. 소나무 사이로 환한 달이 떠 있고, 주위는 조용하기만 했다.

그 정적이 문득 어떤 이의 절벽 같은 침묵으로 그에게 다가왔다. 그때, 시집의 첫 노래가 기다렸다는 듯이 터져 나왔다. 첫 번째 시 '님의 침묵'이었다.

님은 갔습니다. 아아 사랑하는 나의 님은 갔습니다.

푸른 산빛을 깨치고 단풍나무 숲을 향하여 난 작은 길을 걸어서 차마 떨치고 갔습니다.

황금의 꽃같이 굳고 빛나던 옛 맹세는 차디찬 티끌이 되어서 한숨의 미풍에 날아갔습니다.

날카로운 첫 키스의 추억은 나의 운명의 지침을 돌려 놓고 뒷걸음쳐서 사라졌습니다.

나는 향기로운 님의 말소리에 귀먹고 꽃다운 님의 얼굴에 눈멀었습니다.

사랑도 사람의 일이라 만날 때에 미리 떠날 것을 염려하여 경계하지 아니한 것은 아니지만 이별은 뜻밖에 일이 되고 놀란 가슴은 새로운 슬픔에 터집니다.

그러나 이별은 쓸데없는 눈물의 원천을 만들고 마는 것은 스스로 사랑을 깨치는 것인 줄 아는 까닭에 걷잡을 수 없는 슬픔의 힘을 옮겨서 새 희망의 정수박이에 들어부었습니다.

우리는 만날 때에 떠날 것을 염려하는 것과 같이 떠날 때에 다시 만날 것을 믿습니다.

아아 님은 갔지마는 나는 님을 보내지 아니하였습니다.

제 곡조를 못 이기는 사랑의 노래는 님의 침묵을 휩싸고 돕니다.

그는 시간이 어떻게 흘러가는지도 몰랐다. 그의 노래는 마치 터진 봇물처럼 흘러나왔다. 그동안 쌓이고 쌓인 마음의 폭발이었다. 그러나 정녕 자신의 마음이 어느 곳에 머물러 있는지는 자신도 알 수 없었다.

적막한 설악의 밤, 그는 절벽 같은 고요를 마주한 채 다시 노래 불렀다. 시 '알 수 없어요'였다.

바람도 없는 공중에 수직의 파문을 내며 고요히 떨어지는 오동잎은 누구의 발자취입니까.

지리한 장마 끝에 서풍에 몰려가는 무서운 검은 구름의 터진 틈으로 언뜻언뜻 보이는 푸른 하늘은 누구의 얼굴입니까.

꽃도 없는 깊은 나무에 푸른 이끼를 거쳐서 옛 탑 위의 고요한 하늘을 스치는 알 수 없는 향기는 누구의 입김입니까.

근원은 알지도 못할 곳에서 나서 돌부리를 울리고 가늘게 흐르는 작은 시내는 굽이굽이 누구의 노래입니까.

연꽃 같은 발꿈치로 가이없는 바다를 밟고 옥 같은 손으로 끝없는 하늘을 만지면서 떨어지는 해를 곱게 단장하는 저녁놀은 누구의 시(詩)입니까.

타고 남은 재가 다시 기름이 됩니다. 그칠 줄을 모르고 타는 나의 가슴은 누구의 밤을 지키는 약한 등불입니까.

이제 님의 모습은 광대무변한 온 천지에 충만해 있었다. 그의 가슴은 금방이라도 터질 듯했다.

떨어지는 오동잎은 님의 발자취, 푸른 하늘은 님의 얼굴, 알 수 없는 향기는 님의 입김, 작은 시내는 님의 노래, 그리고 저녁놀은 님의 시였다.

그는 마음속의 아쉬움을 감긴 실타래를 풀 듯 노래로 풀어내고 있었다.

끝도 없이 풀려 나간 노래 속에 어느덧 여름이 다하고 있었다. 계절이 빠르게 지나가는 설악은 벌써 초가을이었다.

마지막 밤이었다.

님을 향한 노래가 온 설악에 가득 찼다. 이제는 원도 없이 다 부른 것 같았다. 그는 마지막 노래를 자신의 시를 보게 될 사람들에게 바치기로 했다.

독자여, 나는 시인으로 여러분의 앞에 보이는 것을 부끄러합니다.

여러분이 나의 시를 읽을 때에 나를 슬퍼하고 스스로 슬퍼할 줄을 압니다.

나는 나의 시를 독자의 자손에게까지 읽히고 싶은 마음

은 없습니다.

그때에는 나의 시를 읽는 것이 늦은 봄의 꽃수풀에 앉아서 마른 국화를 비벼서 코에 대이는 것과 같을는지 모르겠습니다.

밤은 얼마나 되었는지 모르겠습니다.
설악산의 무거운 그림자는 엷어갑니다.
새벽종을 기다리며 붓을 던집니다.

훤히 날이 밝아오고 있었다. 공교롭게도 그날은 그가 태어난 날이기도 한 8월 29일이었다.

한용운은 승려이자 독립운동가이지만, 시와 소설을 쓴 뛰어난 문학가이기도 했다. 그가 시와 소설을 쓴 것은 바로 독립운동의 하나였다. 그는 자신의 애국심과 독립정신을 여러 사람에게 알리기 위해 문학을 선택했던 것이다.

그렇다면 그의 시에 담긴 님은 무엇이었을까?

그 님은 하나의 대상만을 가리키는 것이 아니었다. 그토록 갈구하던 진리로, 빼앗긴 나라로, 구제하고자 했던 중생으로 승화되어 있었다. 님은 부처이고, 조국이고, 중생이었다. 그 모두가 이미 한 덩이였다. 그의 노래는 그 많은 님을 위한 변주곡인 셈이었다.

　우리 문학사의 찬란한 금자탑이 된 시집 『님의 침묵』은 이듬해 1926년 출간되었다.

15. 그러나 님은 침묵하지 않았네

한용운이 다시 서울로 올라온 것은 이듬해였다.

그는 사직동에 세를 들었다. 그의 셋방은 늘 냉돌이었다. 그리고 끼니마저 돌봐 줄 사람 없는 고적한 나날이었다. 그는 실패한 민족운동의 쓴맛을 되씹고 있었다.

1927년, 그는 민족 운동 단체인 신간회의 발기인[1]으로 참가했다. 신간회는 이상재, 안재홍, 김병로, 홍명희, 그리고 한용운 등이 주축이 된 최대의 민간 사회단체였다. 그 목적은 정치적, 경제적 각성을 촉구하고, 사회의 기회주의를 배격하고[2] 단결하는 데 있었다. 그는 신간회 경성지회장으로 선출되었다.

신간회는 이듬해 28년까지, 최초의 회원 3천 명에서 2만 명으로 불어나는 조직체로 발전했다. 그러나 일제의 탄압

---

1 발기인(發起人) : 앞장서서 어떤 일을 할 것을 주장하고 그 방안을 마련하는 사람.
2 배격하다(排擊-) : 어떤 사상, 의견, 물건 따위를 물리치다.

과 노선의 갈등으로 31년에 해체되고 말았다. 신간회 주최의 강연회에 연사로 나가며, 이 조직의 활동에 많은 기대를 걸었던 그의 실망은 클 수밖에 없었다.

지회장으로 있을 때였다. 전국에 공문을 돌릴 일이 있어 일부러 봉투를 인쇄하게 되었다. 가지고 온 봉투를 보니, 봉투 뒷면에 일제의 연호인 '소화' 몇 년 며칠이라고 날짜가 찍혀 있었다. 한용운은 아무 말 없이 천여 장의 봉투를 그대로 아궁이 속에 처넣어 버렸다. 봉투가 다 타 버리자 그가 말했다.

"소화(일본의 연호)를 다 소화(불에 탐)시켜 버리니 속이 시원하군."

그는 실의와 좌절을 이런 식으로나마 위안 받을 수밖에 없었다.

어느 날, 31 본산 주지 대회가 열렸다.

총독부가 불교의 일본화를 꽤하여, 그 계획을 실행하기 위한 어용 단계로 '31 본산 주지회'라는 것이 결정되어 있었다. 불교의 대표 격인 본산의 주지들도 어느새 일본의 협력자가 된 상태였다. 한용운은 불교의 타락과 부패가 무엇보다도 가슴 아팠다.

마침 주지 대회에서 한용운에게 강연을 요청했다. 그는 몇 차례 사양하다가 마지못해 그 자리에 나갔다. 전국의 내로라하는 스님들이 다 모인 자리였다.

그는 여러 주지들을 내려다보며 물었다.

"여러분, 세상에서 제일 더러운 것이 무엇인지 아십니까?"

아무도 대답하는 사람이 없었다.

"그러면 내가 대답하는 수밖에 없군요. 제일 더러운 것은 똥입니다."

주지들은 그가 무슨 말을 하려는지 몰라 어리둥절한 얼굴이었다.

"그런데 그 똥보다 더 더러운 것이 무엇이겠습니까?"

이번에도 아무런 대답이 없었다.

"그러면 내가 또 답하지요. 나의 경험으로는 송장 썩는 것이 똥보다 더 더럽습니다. 왜 그러냐 하면, 똥 옆에서는 음식을 먹을 수가 있어도 송장 썩는 옆에서는 역하여 차마 음식이 들어가지 않기 때문입니다."

그는 다시 한번 주지들을 둘러보고 나서 물었다.

"송장보다 더 더러운 것이 있으니, 그것이 무엇인지 아십니까?"

역시 대답이 없었다.

그러자 별안간 그의 표정이 돌변하여 탁자를 내려치며 벼락같이 소리쳤다.

"그건 31 본산 주지 네놈들이다!"

그는 뒤도 돌아보지 않고 법당을 나가 버렸다. 그 자리의 주지들은 모두 똥물과 송장물을 뒤집어쓴 꼴이었다.

이런 일이 있은 뒤에도, 한용운은 몇 차례나 강연 초청을 받았다. 주지들이 모인 어느 자리에서였다.

"여러분, 여러분은 해마다 새해가 되면 총독 앞에 나가 세배를 하십니다. 조선을 통치하고 있는 총독의 얼굴을 직접 우러러본다는 것은 참으로 영광된 일이겠지요."

그가 빈정거리듯이 이렇게 입을 열었다.

주지들은 숨을 죽인 채 그를 바라보고 있었다. 또 무슨 말이 튀어나올지 몰라 조마조마한 모습들이었다.

그는 잠시 말을 끊고 앉아 있는 사람들을 둘러보았다.

"여러분은 또 기회가 있을 때마다 총독을 찾아가 이야기를 나눕니다. 그런데 총독은 매우 바쁜 사람이지요. 조선 통째에 관한 온갖 일을 처리하다 보면 변소 갈 시간도 없을 거요."

조용한 가운데 그가 다시 말을 이었다.

"여러분, 여러분은 자비를 바탕으로 살아가는 스님들이 아닙니까? 남의 생각도 해 줘야지요. 조선 총독을 좀 편하게 해 주시려거든 아예 만나지 마십시오. 부탁이오."

그는 총독에게 협조하는 주지들을 은근히 꾸짖은 것이었다.

이런 한용운이 특별히 좋아한 스님이 있었으니, 만공 스님이었다. 어디에서 만나든지 함께 어울려 민족 사상을 토론하며 밤이 새는 줄도 몰랐다.

만공 스님은 한용운만큼이나 기개가 뛰어난 사람이었다.

어느 날, 만공 스님은 31 본산 주지들과 함께 총독의 초대를 받았다. 그가 발언을 하게 되었다.

"우리가 지난날 갖은 학대를 받으며 볼기를 맞던 시절이 그립소. 그 시절엔 중들이 함부로 서울에 들어오지 못했는데, 어떻게 이런 데를 다 와 보게 되는지 모르겠소."

그것은 조선 시대 불교가 억압받던 때를 돌이켜 보고 하는 소리였다.

"그때는 그래도 계율이 엄격했는데, 우리들이 서울에 드나들면서부터는 전만 못해졌어요. 왜 그런고 하니, 우리나라에 미나미 총독이 취임해 와서 사찰령을 내렸기 때문이거든."

회의장은 갑자기 물을 끼얹은 듯 조용해졌다.

"그러면 우리 승려들이 계율을 어겼다는 죄로 지옥에 가게 된다고 합시다. 그렇게 되면 총독도 지옥에 떨어질 게 아닙니까?"

총독이 지옥에 떨어진다니, 참으로 대담한 말이 아닐 수 없었다. 주지 하나가 황급히 일어나 말렸다.

"스님, 여기가 어디라고 그런 말씀을 함부로 하십니까? 말씀 삼가십시오."

"에잇, 방정맞은 자로다! 지금은 내가 말할 때이니 썩 물러가지 못할까!"

이렇게 꾸짖고 나서, 만공 스님은 다시 말을 이었다.

"우리는 불교도로서 중생이 죄를 짓는 것을 구해야 할 의무와 책임이 있소. 총독이라고 지옥을 면할 수 있겠소? 그것이 염려스러울 뿐이오."

얼마나 대담한 사람인가! 그 만공 스님은 한용운을 만나기만 하면,

"미나미 총독 같은 자는 이 세상에서 없애 버려야 해."

하고 입버릇처럼 말하곤 했다.

실제로 그는 늘 주머니에 칼을 넣고 다녔다. 31 본산 주지 회의에 참석하는 총독을 찔러 죽이겠다는 것이었다. 그

러나 한용운은 그를 말렸다.

"죽어 가는 송장을 죽여서 무엇 하겠소. 더러운 업보만 쌓게 되니 그만두오."

"아니, 죽어 가는 송장이라니?"

"이제 그놈들도 끝장이야. 얼마 안 가서 망할 거요. 그때 가서 스스로 목숨을 끊거나 사형을 받을 것이니, 이제 죽을 날을 받아 놓은 거나 마찬가지요."

그는 이미 일본의 패망을 알고 있었다.

16. 북향집

1933년은 한용운에게 잊을 수 없는 한 해였다. 그가 55세의 나이로 뒤늦게 다시 결혼을 하게 된 것이다.

신부는 16년 동안이나 간호사 생활을 하던 36세의 노처녀였다. 이 여인이 한용운의 만년을 보살핀 유숙현 부인이다.

그 무렵, 한용운은 오랜 떠돌이 독신 생활에 몹시 지쳐 있었고, 활동에도 많은 불편을 겪고 있었다. 그것을 잘 알고 있는 동료들이 그의 결혼을 권했던 것이다.

"만해, 가정을 갖는 게 어떨까? 우선 건강도 건강이지만, 더 많은 활동을 하려면 이 생활로는 어렵지 않은가."

그가 동료들의 권유를 받아들임으로써 마침내 혼인이 이루어졌다. 그 늘그막의 결혼으로 처음으로 가정생활을 누리게 된 셈이었다. 그러나 생활의 쪼들림은 이루 말할 수 없었다. 재산도 없고, 일정한 수입도 없으니 당연한 일이었다.

한용운은 조선일보사 사장 방응모가 보태 주는 얼마의

돈으로 겨우 생활을 이어 가고 있었다. 집도 없어서 성북동 산기슭의 조그마한 한옥 한 채를 세내어 살고 있었다.

갓 결혼한 유씨 부인이 삯바느질, 남의 집 빨래하기, 물 길어 주기 등 궂은일을 해 가면서 입에 풀칠을 했다. 그러나 한용운의 애국 사상에 감화되어 결혼한 유씨 부인은 불평 한마디 하지 않았다.

그런데 이렇게 남의 집 살이를 하는 한용운 부부에게 반가운 일이 생겼다. 고생하는 그를 보다 못한 친구들이 집 한 채를 마련해 주기로 한 것이다.

"만해, 이젠 집을 가져야 하오. 집도 절도 없어서는 우선 활동하기가 불편하오. 나이를 생각해야지, 그 고집 좀 꺾으시고……."

이런 권유를 뿌리치지 못하고 그도 승낙했다. 늦게나마 다시 결혼한 처지라 더 거절할 수가 없었다.

이렇게 하여 집이 세워지게 되었다. 이 일을 밀고 나간 사람은 동아일보사의 송진우, 조선일보사의 방응모 등이었다.

그런데 막상 집을 지으려니 대지가 없었다. 가난한 한용운에게 그럴 만한 땅이 있을 턱이 없었다. 그 전해에, 조선 총독부의 약탈 기관인 식산은행에서 그를 매수하기 위해 성북동의 국유지 20만 평을 주겠다고 제의하였으나, 한마디로 거절해 버렸던 그였다.

다행히 대지가 쉽게 구해졌다. 마침 백양사의 스님 김벽산이 그를 찾아왔다가 그 말을 듣고, 자기가 집을 지으려고 사 둔 땅을 선선히 내놓았던 것이다.

그런데 문제가 또 하나 생겼다. 총독부 때문이었다.

"꿈에도 보기 싫은 돌집을 평생 동안 바라볼 걸 생각하니 도저히 자신이 없소."

한용운이 갑자기 마음을 바꿔 고집을 부린 것이다.

"보기 싫은 돌집이라면……? 아, 총독부 말이군."

성북동 산기슭의 바로 정남향에는 총독부 건물이 있었다.

"그렇소. 볕이 안 들고 샘이 나지 않더라도, 내 집을 그쪽으로 세울 수는 없소. 차라리 북향이면 모를까……."

한번 옳다고 여기면 목숨을 내놓아도 꺾지 않는 그의 성격을 잘 아는 터라 어쩔 수가 없었다.

결국, 한용운의 집은 총독부를 등진 북향으로 지어졌다. 집은 남향으로 짓는 것이 보통인데, 그는 총독부가 보기 싫어 일부러 북쪽을 향해 지은 것이다.

집이 다 지어지자, 한용운은 집 이름을 '심우장'이라고 지었다. 심우장이란 '소를 찾는 집'이라는 뜻이다. 불교에서 소는 지혜를 뜻한다. 그러니까 '도를 깨치려고 공부하는 집'이라는 뜻으로 붙인 것이다.

한용운은 이 심우장이 마음에 들었다. 그는 손수 나무를 심고 꽃을 가꾸었다. 그의 흡족한 마음이 '산거'라는 시에 잘 나타나 있다.

티끌세상을 떠나면
모든 것을 잊는다 하기에
산을 깎아 집을 짓고
돌을 뚫어 샘을 팠다.
구름은 소인 양하여
스스로 왔다 스스로 가고
달은 파수꾼도 아니련만
밤을 새워 문을 지킨다.
새 소리를 노래라 하고
솔바람을 거문고라 하는 것은
옛 사람의 두고 쓰는 말이다.

님 그리워 잠 못 이루는

오고가지 않는 근심은
오직 작은 베개가 알 뿐이다.
공산의 적막이여,
어디서 한가한 근심을 가져오는가.
차라리 두견성도 없이
고요히 근심을 가져오는
오오, 공산의 적막이여.

심우장으로 이사하여 겨우 다리를 뻗고 살게 되었지만,
한용운의 생활은 여전히 가난했다. 이런 사실을 아는 일제
는 그에게 유혹의 손길을 뻗쳤다.

어느 날, 한 청년이 보따리 하나를 들고 찾아왔다.

"선생님, 이거 얼마 안 되지만 생활에 보태 쓰시라고 가
져왔습니다."

청년은 은근한 소리로 이렇게 말하고, 그 보따리를 한용
운 앞으로 밀어 놓았다. 크기로 보아 그 안에는 꽤 많은 돈
이 들어 있을 것 같았다.

"그런가? 한데 젊은이에게 이런 돈이 있을 리는 없고, 도
대체 누가 보낸 것인가?"

한용운이 보따리를 내려다보며 슬쩍 물었다.

"저, 실은 총독부에서……."

"뭐라고!"

청년의 말이 채 끝나기도 전에, 한용운은 버럭 소리를 질렀다. 그리고 보따리를 청년에게 내던지며 소리쳤다.

"이놈, 젊은 놈이 이따위 짓이나 하고 다닌단 말이냐! 당장 나가!"

당장 나가지 않으면 금방이라도 달려들 기세였다. 청년은 찍 소리도 못 하고 쫓겨났다.

청년이 방을 나간 뒤에도, 한용운은 분이 풀리지 않아 씩씩거리며 방 안을 왔다 갔다 했다. 아무리 생활이 어렵고 끼니를 거른다 해도, 그는 일제와는 타협할 수 없는 사람이었다.

4월 29일은 천장절이라는 일본의 명절날이었다. 천황의 생일을 경축하는 날이었다. 일본은 우리나라 사람에게까지 똑같이 즐기고 경축할 것을 강요했다. 나라를 잃은 것도 억울한데, 그들의 명절까지 지키라는 억압은 뜻있는 사람으로서는 참을 수 없는 노릇이었다.

그날, 동회의 서기가 심우장에 찾아왔다.

"선생님, 오늘 조선 신궁에 좀 다녀오셔야겠습니다."

"난 못 가겠소."

한용운은 단호하게 잘라 말했다.

"어째서 못 가십니까?"

"어쨌든 못 가겠소."

"어쨌든 못 가신다니요. 그런 법이 어디 있습니까?"

"그런 법이라니? 그럼 왜놈은 법이 있어서 남의 나라를 먹었나?"

서기는 말문이 막혀 버렸다.

"그럼 기라도 다시지요."

"그것도 못 하겠소. 일장기는 우리 집에 있지도 않고……."

"자꾸 그렇게 나오시면 곤란합니다."

"곤란하다면?"

"배급 통장을 뺏기게 됩니다."

"그래? 거 참 잘됐군. 자, 배급 통장 여기 있네."

한용운은 기다렸다는 듯이 통장을 던져 주었다.

"이제 그런 심부름은 두 번 다시 오지 말게."

17. 그것은 글자가 아니야

한용운이 재혼한 이듬해에 딸 영숙이 태어났다. 정말 늘그막에 둔 외동딸이었다. 그러니 자연히 더욱 귀여울 수밖에 없었다.

그러나 그는 딸을 기르는 데 남다른 점이 있었다. 자신의 신념대로, 자신의 고집대로 딸을 키웠던 것이다.

우선 영숙은 호적에도 오르지 못했다. 일본의 행정 제도에 따라 처음으로 호적법이 시행되고, 우리나라 사람들도 호적을 가지게 되었지만, 한용운은 호적이 없었던 것이다.

"나는 조선 사람이다. 왜놈들의 호적에 내 이름을 올릴 수는 없다."

나라를 잃은 백성에게는 호적이 필요 없다는 외고집이었다. 그러니 아내 유씨도 혼인 신고가 되어 있지 않았다.

영숙이 학교에 갈 나이가 되었지만, 한용운은 딸을 학교에 보내지 않았다. 딸은 아버지한테서 『천자문』, 『소학』 등의 한문을 배웠다.

그런 어느 날이었다.

"아버지, 이게 뭐예요?"

딸 영숙이 아버지가 읽고 있는 신문을 가리키며 물었다.

"뭐 말이냐?"

"이거요."

영숙이 손가락으로 신문의 일본 글자를 가리켰다. 영숙으로서는 처음 보는 글자였던 것이다.

그러자 한용운은 얼굴을 찌푸리며 퉁명스럽게 말했다.

"그건 몰라도 된다. 그건 글자가 아니야!"

한용운은 딸에게만 그런 것이 아니라, 다른 사람이 일본말을 쓰는 것도 몹시 싫어했다. 아무리 친한 사이라도 일본말을 쓰면 크게 나무라며 호통을 쳤다.

어느 날, 조촐한 술자리에서였다. 가까운 사람 몇이 모여 술을 마시는데, 친한 스님이 술잔을 들며 저도 모르게,

"여러분, 간바이합시다."

하고 일본말을 쓰고 말았다.

'간바이'란 말은 '건배'라는 뜻의 일본말이다.

그러자 갑자기 한용운이 벌떡 일어나,

"그 말이 무슨 말인가? 무엇을 하자고? 어디 다시 한번 해 봐!"

하고 나무라며 술잔을 내동이쳐 버렸다.

심우장으로 한용운을 찾아오는 사람들은 정인보, 홍명희, 최린, 오세창, 이광수 등 많았다. 그들이 찾아오면, 한용운은 가슴을 터놓고 일제의 식민 정책을 욕했다. 그러고 나면 오랜만에 마음이 후련해졌다.

그러나 이러한 우정은 오래 계속되지 못했다. 일제의 탄압이 심해지면서 하나둘 변절하는 사람이 생겨났기 때문이다.

"무엇이 해먹을 게 없어서 나라와 백성을 팔아 자신의 영화를 구한단 말인가, 죽일 놈들!"

한용운은 변절자가 지식인이거나 민족 지도자일 경우에는 더욱 심한 욕을 했다.

어느 날이었다.

비가 내리는데, 최린이 심우장으로 그를 찾아왔다.

그는 한용운과 3·1 운동을 함께 주선한 동지였으나, 감옥에서 풀려나온 뒤에 그만 변절하여 일제에 협조하고 있었다.

"만해 있소?"

그가 대문을 두드리며 주인을 찾았다.

방 안에서 제자 한 사람과 이야기를 나누고 있던 한용운은 누가 찾아왔는지 금방 알아차렸다.

그는 안방을 향해 가만히 부인을 불렀다. 바느질을 하고 있던 부인이 무슨 일인가 하여 그가 있는 방으로 건너왔다.

"꼬락서니도 보기 싫은 사람이 날 찾아온 모양인데, 나가서 없다고 하구료."

그는 부인에게 퉁명스럽게 말했다.

"내 집에 찾아온 손님을 어떻게 그럴 수가 있어요? 무슨 일인지 모르지만 나가 보시오."

영문을 모르는 부인이 이렇게 타이르자, 그는 버럭 소리를 질렀다.

"모르면 잠자코 시키는 대로나 해요!"

이때, 주인을 찾는 소리가 다시 들려왔다.

부인은 할 수 없이 방을 나가 손님에게 말했다.

"볼일로 시내에 나가고 안 계십니다."

"그렇습니까? 오랜만에 찾아왔더니 안 계시는군요. 그럼 다음에 다시 찾아뵙지요."

최린은 부인에게 인사를 하고 돌아섰다.

그때, 마침 딸 영숙이 쫓아 나왔다. 최린은 돌아서다 말고 영숙의 머리를 쓰다듬어 주며, 안주머니에서 백 원짜리 지폐 한 장을 꺼냈다.

"자, 어른이 주는 거니까 받으려무나."

그는 그 돈을 어린 영숙의 손에 쥐여 주고 돌아섰다.

방에 들어온 부인으로부터 그 얘기를 전해 들은 한용운은 불같이 화를 냈다.

"그 돈을 받았단 말이냐? 그리고 당신도 주책이구먼. 그래, 어쩌자고 그 돈을 받도록 내버려 두었단 말이오!"

남편의 성격을 잘 아는 부인은 아무 소리도 못 하고 서 있었다.

한용운은 그 길로 최린을 찾아가 대문 틈으로 돈을 던져 놓고 왔다. 이때 돈 백 원이라면 쌀을 열댓 가마나 살 수 있는 큰돈이었다. 한용운의 생활이 어렵다는 것을 알고, 최린이 딸을 통해 보태 주려고 한 것이다.

최린 말고도 일본에 굴복한 사람은 또 있었다. 최남선이었다. 3·1 운동 때는 독립 선언서를 짓기도 했던 그가 조선 총독부에 협조하여 물질적인 도움을 받고 있었기 때문이다.

어느 날, 한용운은 길에서 최남선을 만났다. 그는 최남선을 보자 피해서 걸음을 재촉하며 침을 뱉었다. 그런데도 최남선이 일부러 따라와 인사를 했다.

"만해, 오랜만이오."

그러자 한용운은 싸늘하게 물었다.

"누구시오?"

"나요."

"내가 누구요?"

"최남선이오. 나 잊으셨소?"

한용운은 내뱉듯이 대답했다.

"내가 아는 최남선은 벌써 죽었소!"

배정자라는 유명한 인물이 있었다. 그녀는 일찍이 이토 히로부미의 양녀가 되어 간첩 노릇을 한 민족 반역자였다. 그녀의 집이 성북동 심우장 아래에 있었다.

어느 날, 지인이 심우장에 들어서자 이렇게 말했다.

"올라오다가 보니까 일주가 배정자의 집에서 그림을 그리고 있더군."

일주는 그 당시 유명한 화가였던 김진우인데, 민족 사상가를 이해하는 사람 중에 끼는 사람이었다. 평소에 김진우를 잘 알고 있었던 한용운으로서는 뜻밖의 일이었다.

"아니, 자네가 사람을 잘못 봤겠지. 일주가 그럴 리가 있나."

"허어, 내가 조금 전에 그 집 앞을 지나치며 서로 인사까지 주고받았는걸."

한용운은 도저히 믿을 수가 없었다.

"내가 직접 가 봐야겠군. 잠시만 기다리게."

한용운은 맨발인 채 고무신을 끌고 아랫마을로 달음질쳐 내려갔다.

한 시간이나 지났을까. 그가 가쁜 숨을 몰아쉬며 돌아왔다.

"이제야 오다니. 그래, 배정자의 집에서 무슨 잔치라도 치르고 오는 길인가?"

지인이 물었다.

"그럼, 큰 상을 받아 아주 후한 대접을 받았지."

한용운은 입가에 웃음을 지었다.

"한데, 배정자의 집을 알기나 하는가?"

지인이 미심쩍은 눈길로 물었다.

"그 근처에 가서 아이들에게 물으니 가르쳐 주더군."

그것은 사실이었다. 한용운은 아랫마을에 배정자가 산다는 말을 듣기는 했으나, 그 집을 몰랐다. 아이들이 가르쳐 준 집으로 가서 대문을 두드리자, 배정자가 직접 나왔다.

"어머나, 어서 오십시오, 선사님."

그녀는 손님이 누구라는 것을 금방 알아보았다.

"어서 안으로 드시지요."

그녀는 처음 본 한용운을 귀한 손님 대하듯 했다. 그는 아무 말 없이 따라 들어갔다.

마침 김진우가 그림을 그리고 있다가 한용운을 보자 깜짝 놀랐다.

"아니, 여기 웬일이십니까?"

그가 당황하여 일어났다. 한용운은 아무 대꾸 없이 마루에 걸터앉았다. 조금 있자 배정자가 큰 음식상을 차려 나왔다. 이 무렵은 제2차 세계대전 말기라서, 서울 장안에 생활용품이 귀해 쩔쩔맬 때였다. 그런데도 그녀의 집은 호화판이었다. 음식상에는 없는 것이 없었다.

배정자는 한용운 앞에 상을 내려놓고 물러갔다. 그러나 그는 음식상을 물끄러미 바라보고만 있었다.

그때, 김진우가 멋쩍은 표정을 지은 채 정중하게 술 한잔을 따랐다.

"자, 한 잔 드시지요."

그 순간, 한용운이 벌떡 일어났다.

"더러운 것!"

그는 일어나기가 무섭게 진수성찬이 가득 차려진 음식상을 둘러엎었다.

18. 사라진 소

1937년, 이해에 한용운은 엄청난 슬픔과 분노를 겪게 되었다. 일찍이 그가 만주에 갔을 때, 만나자마자 뜻이 맞아 함께 독립운동을 맹세했던 동지 김동삼이 서대문 형무소에서 옥사한 것이다.

김동삼은 앞서 1931년, 하얼빈에서 일본 경찰에게 붙잡혀 15년의 형을 받았다. 그리고 서울로 옮겨져 감옥에서 8년을 보내다가 순국한 것이다.

한용운은 김동삼의 유해를 심우장으로 옮겨 왔다. 국내에는 장례를 치를 마땅한 가족이 없었기 때문이다.

"오, 김 동지! 조국 산하를 두고 가시다니, 이렇게 가시다니……!"

그는 방바닥이 꺼지도록 비분하고, 사흘 동안이나 통곡했다.

5일장을 치르자, 한용운은 깊은 허탈감에 빠지고 말았다.

"이제 이 나라엔 인물이 없어. 김동삼 동지만한 인물을 어디서 찾는단 말인가."

그는 한동안 모든 활동도 잊어버린 채 넋 나간 사람처럼 지냈다. 한 사람씩 죽어 가는 애국지사와 변절해 가는 동료들에 대한 슬픔과 분노가 그를 붙잡고 놓아주지 않았다.

그런 중에도 세월이 흘러, 한용운은 회갑을 맞았다. 치열한 저항의 삶도 어느덧 황혼이었다. 그러나 그가 그토록 바라는 해방은 아직 오지 않았다.

1939년 음력 7월 12일, 지인들이 그의 회갑을 축하하는 자리를 마련했다. 장소는 동대문 밖 청량사였다.

그 절의 주지 비구니가 회갑상을 차렸다. 그 비구니는 구한말 상궁 출신으로 요리 전문가였다. 평소에 한용운을 흠모하던 비구니가 그를 위해 손수 음식을 차린 것이다. 홍명희를 비롯한 20여 명이 모였다.

한용운은 새삼 인생의 무상을 느끼는 듯했다. 자신은 벌써 환갑을 맞았는데, 조국은 아직도 해방을 맞지 못했으니 더욱 그랬는지 모른다. 삶이 파란만장한 만큼 감회 또한 남다를 수밖에 없었다. 그도 이제 어쩔 수 없는 한 늙은이였다.

회갑을 치른 사흘 뒤, 한용운은 사천의 다솔사로 내려갔다. 그곳에는 그의 제자 최범술이 주지로 있었다. 그가 회갑 기념의 자리를 다시 마련했던 것이다.

한용운은 이 자리에서 후배들이 따라 올리는 기념주를
마시며, 자신의 감회를 이렇게 피력했다.

"만일 내가 단두대에 나가서 나라가 독립한다면, 추호도
주저하지 않겠다."

1940년, 일제에 의해 우리의 성과 이름을 일본식으로 바
꾸는 창씨개명이 있었다. 그것은, 일제가 우리 민족 고유의
전통을 말살하려는 흉계였다.

이 일은 다시 한번 한용운을 분노와 비탄에 빠지게 만들
었다. 많은 동지와 후배들이 이에 따랐던 것이다.

일제의 탄압은 날이 갈수록 더해 가고, 일본의 앞잡이가
된 유명 인사들이 스스로 자신의 이름을 일본식으로 고쳤
다.

"한심한 자들 같으니, 제 성, 제 이름을 버리고 왜놈이
되려 한단 말인가?"

한용운은 동지들과 함께 반대 운동을 벌였으나 큰 성과
는 얻지 못했다.

그러던 어느 날, 홍명희가 얼굴이 빨갛게 상기되어 심우
장에 들어왔다. 어찌나 화가 나 있는지, 무슨 심상치 않은

일이 있음을 대번에 짐작할 수 있었다.

"만해, 이런 법이 있소? 이런 개자식들이 있느냐 말이오!"

좀처럼 욕설이라고는 모르는 그의 입에서 개자식이라는 욕설이 나왔으니, 정말 뜻밖의 일이었다.

"대체 무슨 일이오? 당신 입에서 그런 욕이 나오다니 심상치 않은 일이 분명한 것 같소."

홍명희는 땅이 꺼져라 한숨을 내쉬고 나서 말했다.

"윤치호, 최린, 이광수 등이 창씨개명을 했다는구료. 이런 놈들이 개자식이 아니고 뭐요."

한용운이 그 말을 듣고 대답했다.

"당신은 그자들을 너무 너그럽게 본 것 같소. 당신은 말을 잘못했소."

홍명희는 무슨 말인지 몰라 어리둥절한 얼굴이었다.

"그래, 내가 뭘 잘못 말했다는 거요?"

"만일 개가 말을 할 줄 안다면, 당신을 크게 꾸짖을 것이오."

"……?"

"개는 주인을 알고 충성하는 동물인데, 어찌 주인을 모르고 저버린 인간들과 자기를 비교하느냐고 말이오. 그러면

뭐라고 대답하겠소?"

1944년 어느 봄날, 한용운은 심우장의 열린 문으로 마당을 내다보고 있었다. 그는 며칠째 몸을 제대로 가누지 못했다.

그 무렵, 그의 건강은 말이 아니었다. 그는 남달리 건강한 편이었으나, 자신의 몸을 너무도 돌보지 않은 탓이었다. 신경통이 악화된 데다 영양실조까지 겹쳐서 극도로 쇠약해져 있었다.

집은 비록 북향이었지만, 볕이 든 마당에는 철쭉이 붉게 피어 있었다. 철쭉 말고도 매화, 개나리, 진달래, 백일홍, 국화, 코스모스 등이 심어져 있었다.

그 꽃나무들은 그가 손수 주변의 산에서 옮겨 심은 것이거나 씨를 뿌린 것들이었다. 이미 매화와 개나리, 진달래는 피었다 지고, 철쭉마저 이울고1 있는 중이었다.

어느 순간, 그의 시선이 벽에 걸린 액자로 향했다. 그가 늘 위안으로 삼는 좌우명 글귀가 거기 씌어 있었다.

---

1 이울다 : 꽃이나 잎이 시들다.

무애자재(無碍自在)

'하는 일에 장애가 없이 저절로 있다'는 뜻이었다.

그는 지금까지 자신이 그렇게 살아왔다고 여겼다. 그것이 그에게 유일한 위안이었다. 그런데 지금은 느낌이 달랐다.

'나의 삶이 과연 저 좌우명처럼 어떤 막힘도 속박도 없이 자유자재로웠던가?'

그는 어쩐지 자신이 없었다. 그와 함께 부끄러운 마음이 머리를 쳐들었다.

그러자 별안간 송곳으로 찔러 대는 듯한 두통이 일었다. 그는 스르르 바닥으로 미끄러져 내렸다. 두통이 더욱 심해졌다.

그는 비명도 지르지 못한 채 눈을 감고 있었다. 그때, 난데없이 눈앞에 소 한 마리가 나타났다. 이제까지 그토록 찾아 헤맸던 소였다.

'아, 드디어 소가 찾아왔구나!'

그는 너무나도 반가웠다. 저 지혜를 찾아서 얼마나 헤맸던가!

그런데 어느 순간, 그 소가 눈앞에서 점점 멀어졌다.

'어디로 가느냐? 이리로 돌아오렴.'

그러나 그는 사라지는 그 소를 향해 손을 흔들 수도, 소리를 지를 수도, 붙잡아 멈추게 할 수도 없었다. 그는 너무도 허망했다.

그는 일어나고 싶었으나 일어날 수 없었다. 그리고 눈도 뜰 수 없었다. 그는 그 길로 끝내 눈을 뜨지 못했다.

그의 나이 66세, 해방을 1년 앞두고였다. 그가 그토록 바라던 일본의 패망이 바로 눈앞에 와 있었다.

그가 세상을 떠났다는 소식이 전해지자, 정인보는 다음과 같은 추모의 시를 바쳤다.

풍란화 매운 향기
님에게야 견줄손가

이날에 님 계시면
별도 아니 더 빛날까
불토가 이 위 없으니
혼아, 돌아오소서.

한용운 해설

역사를 돌이켜 보면, 어느 시대나 마치 그 시대를 위하여 태어난 것처럼 여겨지는 사람이 있다. 이런 분들은 자신의 타고난 재주와 용기와 열정을 아낌없이 쏟아부어 그 시대의 등불이 된다. 그런 분들이 바로 시대를 뛰어넘어 역사에 길이 남는 위인들이다.

만해 한용운도 그런 분이다. 그는 잘 알려져 있다시피 여러 면에서 뛰어난 업적을 남긴 인물이다. 그는 불교 개혁을 추진한 승려요, 3·1 운동을 이끈 독립운동가이며, 많은 시와 소설을 쓴 문학가이기도 하다. 그는 다방면에서 남들이 미치기 어려운 위대한 발자취를 남기고 있다.

한 가지도 이루기 어려운데, 그가 그렇게 업적을 남길 수 있었던 것은 우선 그의 천재성이었다. 그의 총명은 타고난 것이었다.

거기에다 그의 근면성이 보태졌다. 일단 일을 시작하면, 잠시도 한눈팔지 않고 거기에 매달렸다. 뒤로 미루거나 게으름을 피우는 일이 결코 없었다.

그런 그가 이루어 놓은 업적을 살펴보면, 우선 승려로서
는 불교의 중흥을 위해 전통 불교를 새롭게 뜯어 고치려는
개혁주의자였다. 거기에다 불교의 식민지화를 막으려고 앞
장서 싸웠다.

그는『불교유신론』을 써서 불교 개혁의 길을 열고, 그 스
스로 끊임없는 노력과 철저한 실천을 보여 주었다. 또『불
교대전』을 발간하여, 어려운 불경을 대중들이 쉽게 접할 수
있게 했다.

이는 뛰어난 지혜와 노력이 없이는 아무나 할 수 없었다.
총명과 근면이 어우러진 그가 아니고는 이룰 수 없는 일이
었다.

다음, 독립운동가로서는 3 · 1 운동을 통해서 치열한 항
일과 민족정신을 드높였다.

사실, 이 만세 운동의 실질적인 추진은 그와 최린이 맡아
한 셈이었다. 천도교와 기독교, 불교를 아우르고, 민족 대
표들을 찾아다니며 일을 성사시킨 것은 그의 실천력이 큰
몫을 했다.

그리고 시인으로서는『님의 침묵』이라는 불멸의 시집을
남겼다. 이 시집에 실린 한 편 한 편의 시는 부처에 대한
염원, 조국 독립에 대한 소망, 중생들에 대한 사랑을 노래

하고 있다. 그래서 시집 속의 '님'은 절대자요, 조국이요, 중생이다.

그뿐만 아니라, 이 시집은 시의 정신뿐 아니라, 시의 기술과 표현에 있어서도 높은 경지에 이르러, 우리 문학사에 찬란한 금자탑을 세웠다.

그 모든 면에서 보면, 같은 시대 불교계에 훌륭한 스님들이 있었으나, 한용운만큼 실질적인 수행을 통해 불교의 개혁을 추진한 이는 없고, 독립운동에 몸 바쳐 항일 운동을 벌인 독립운동가는 많았으나, 한용운처럼 시종일관한 이는 드물다. 그리고 시인으로서 민족 정서를 드높인 것도 마찬가지다.

그는 1879년, 충청남도 홍성군 결성면 491번지에서 아버지 한응준, 어머니 온양 방시 사이의 차남으로 태어났다.

그의 집은 대대로 벼슬한 선비 집안이었다. 그가 태어날 무렵, 잘못된 정치와 외세의 침입으로 나라는 병들 대로 병들어 있었다. 그래서 그가 청년기로 접어들 무렵, 드디어 송두리째 일본에 빼앗기고 말았다.

이런 시기에 태어난 한용운은 일찍부터 서당에 다니며 한문을 배웠다. 그의 재주가 워낙 뛰어나 신동으로 소문이 자자했다. 열 살이 채 되기 전에 사서오경에 통달하여 사람들을 놀라게 했던 것이다.

그는 재주만 뛰어난 것이 아니었다. 나라와 백성을 생각하는 마음 또한 남달라 그의 나이 17, 8세 무렵에 이미 동학 운동과 을미의병에 가담했다는 이야기가 전한다.

그는 그 남다른 재주와 모험심으로 일찌감치 집을 떠나게 되었다. 그것은 '을사조약'이 맺어져 나라를 일본에 빼앗기게 되는 때였다.

그는 처음에는 서울을 향해 길을 떠났다. 그 무렵, 조약 체결의 소문과 함께 뜻있는 사람들이 서울로 몰려들고 있었기 때문이다.

그러나 그는 도중에 사람의 삶에 대한 근본적인 의문에 사로잡혀, 발길을 산으로 돌리게 되었다. 강원도 어느 절에 이름난 도인이 있다는 풍문을 들었기 때문이었다. 그래서 그가 다다른 곳은 설악산 오세암이었다.

그는 이곳에서 불문에 의지하여 새로운 삶을 맞게 되었다. 그것은 그가 장차 불교계의 거목으로 발돋움하는 첫출발이었다.

그러나 그의 불같은 이상과 모험심은 그를 산속에 붙들어 둘 수 없었다. 아직은 너무 일렀다. 그는 백담사의 큰스님이 가지고 있던 개화 서적을 읽고, 더 넓은 세계에 대한 맹렬한 호기심에 사로잡혔던 것이다.

마침내 그는 드넓은 체계를 자기 눈으로 직접 둘러보리라 결심했다. 그것은 바로 세계 일주 계획이었다. 어떻게 생각하면 너무 무모한 계획이었으나, 그만이 가질 수 있는 용기로 그는 산을 떠나 시베리아로 향했다.

그러나 그의 세계 일주 여행은 첫 도착지인 블라디보스토크에서 실패로 돌아가고 말았다. 머리를 깎은 것 때문에 친일파로 몰려 목숨을 잃을 뻔한 것이다. 죽을 고비를 두 번이나 넘기고 간신히 귀국한 것만도 천만다행이었다.

그는 다시 입산하여, 백담사에서 계를 받고 정식으로 스님이 되었다. 그리고 열심히 불경을 익혔다.

그러다가 큰스님의 주선으로 일본 불교계를 둘러볼 기회를 가졌다. 이때, 일본에서 만난 사람이 유학 중이던 최린이었다. 두 사람의 만남은 독립운동을 위한 중요한 계기가 되었다. 그 뒤에 3·1 운동을 함께 이끄는 동지가 되었던 것이다.

일본을 둘러보고 돌아온 뒤, 한용운은 『불교유신론』을 써서 불교 개혁을 추진했다. 그러던 1910년에 드디어 나라를 빼앗기는 슬픔을 당했다.

남다른 애국심에 불타던 그는 그 울분을 이기지 못해, 다시 산을 떠나 만주로 건너갔다. 그곳에서, 그는 김동삼 등 독립운동가들을 만나 잠시나마 나라 잃은 한을 달랠 수 있었다.

그런데 그는 이 만주 여행에서도 일본 정탐꾼으로 몰려 총탄 세례를 받게 되었다. 구사일생으로 목숨은 건졌으나, 그 총상 대문에 평생 체머리를 흔드는 버릇을 얻고 말았다.

1919년, 3·1 운동이 일어나자, 그는 민족 대표 33인 중의 한 사람으로 이 독립운동에 참가했다. 그는 최린과 함께 실질적으로 이 운동을 앞장서서 이끌었다.

하나에서 열까지 그의 노력이 미치지 않은 것이 없었다. 이 3·1 운동이야말로 그가 그토록 치열하게 벌인 항일 운동의 결정체였다.

그는 3년간의 옥고를 치르고 나오자, 다시 강연이나 신간회의 사회 활동 등을 통해 항일 운동을 벌였다.

그리고 불교 잡지 『유심』을 발간하여 불교의 일본화를 경계하는 한편, 시집 『님의 침묵』을 출간하여 민족 정서와 조국애를 불러일으켰다.

그는 만년을 성북동 골짜기의 심우장에서 보냈다. 그곳에서도 항일 운동은 줄기차게 계속되었다. 혹독한 일제 치하에서 그는 꺼져 가는 민족정기를 일깨우기 위해 죽을 때

까지 항일 운동을 이어 갔다. 그것은 곧 그의 삶의 시작이
며 끝이었다.

그러나 그는 끝내 조국의 광복을 보지 못하고 눈을 감았
다. 일본의 패망이 눈앞에 닥친 1944년 5월이었다. 그의
나이 66세였다.

한용운의 생애를 돌이켜 보면, 그는 불교를 통한 중생의
구원, 항일 운동을 통한 조국의 광복, 시를 통한 민족 정서
의 함양을 위해서 잠시도 쉬지 않은 분이다.

그는 지혜의 깨우침을 위해 정신을 사르고, 조국의 독립
을 위해 몸을 사르고, 민족의 혼을 위해 마음을 살랐다.

한용운은 한 시대를 살다가 사라진 사람이 아니다. 그래
서 그는 지금도 우리 곁에 있다. 날이 갈수록 그의 정신과
사상은 더욱 새롭다. 그의 모습을 살펴 가며, 그를 다시 돌
아보는 것도 그 때문이다.

한용운 연보

1879년(1세) 8월 29일, 충청남도 홍성군 결성면 성곡리 491번지에서 한응준의 둘째 아들로 태어나다. 아명은 정옥, 법명은 용운(龍雲), 법호는 만해(萬海), 어머니는 온양 방씨다.

1884년(6세) 향리의 서당에서 한문을 배움. 사서오경에 통달함.

1892년(14세) 천안 전씨와 결혼하다.

1896년(18세) 홍성의 을미의병에 가담, 홍성 관가를 습격하여 1천 냥을 탈취하다.

1897년(19세) 의거의 실패로 고향을 떠나 설악산 백담사로 출가하다.

1899년(21세) 세계 여행을 계획하고 설악산을 떠나 블라디보스토크로 건너갔다가 죽을 고비를 넘기고 귀국하다.

1905년(27세) 백담사에서 수계를 받고 정식으로 스님이 되다. 이학암 스님에게 『기신론』『능엄경』『원각경』 등을 배우다.

1907년(29세) 강원도 건봉사에서 최초의 선 수업을 성취하다.

1908년(30세) 강원도 유점사에서 서월화 스님에게 『화엄경』을 수학. 일본 여행 중 유학생 최린과 사귀다. 서울에 측량 강습소를 개설하다.

1910년(32세) 『조선불교유신론』을 백담사에서 탈고하다.

1911년(33세) 조선 임제종 종무원을 설치하여 관장에 취임하다. 만주로 건너가 독립운동가들을 두루 만나다.

1912년(34세) 경전을 대중화하기 위해 『불교대전』 편찬을 계획하고, 경남 양산 통도사의 고려대장경 1,511부, 6,802권을 열람하다.

1913년(35세) 『조선불교유신론』을 발행하다.

1914년(36세) 『불교대전』을 범어사에서 발행하다. 조선불교회 회장으로 취임하다.

1915년(37세) 조선 선종 중앙포교당 포교사에 취임하다.

1917년(39세) 오세암에서 좌선하던 중 바람에 물건이 떨어지는 소리를 듣고 진리를 깨치고 오도송을 남기다.

1918년(40세) 불교 잡지 『유심』을 창간하다.

1919년(41세) 윌슨의 민족 자결주의 제창과 관련하여 최린 등과 조선 독립을 숙의하다. 3·1 운동을 주도, 최남선이 지은 독립 선언서에 공약 삼장을 첨가하다. 태화관에서 33인을 대표하여 독립 선언 연설을 하고 일경에 체포되다. 서대문 형무소에서 일본 검사의 신문에 대한 답변으로 '조선독립에 대한 감상의 개요'를 제출하다. 경성지방법원 제1형사부에서 유죄 판결을 받다.

1920년(42세) 민족 대표 중에 가장 늦게 출옥하다.

1922년(44세) 조선 불교 청년회 주최로 '철창 철학'이라는 연제로 강연하다.

1923년(45세) 여러 차례 강연으로 청중들을 감동시키다.

1924년(46세) 조선 불교 청년회 총재에 취임하다.

1925년(47세) 백담사에서 『님의 침묵』을 탈고하다.

1926년(48세) 시집 『님의 침묵』을 발행하다.

1927년(49세) 신간회를 발기, 중앙집행위원 겸 경성지회장에 추대되다.

1932년(54세) 불교계 대표 인물 투표에서 최고득점으로 압

도적인 지지를 받다.

1933년(55세) 유숙현 여사와 재혼하다. 성북동에 '심우장'
을 짓다. 총독부를 마주 보지 않으려고 북향
으로 짓다.

1934년(56세) 딸 영숙 태어나다.

1935년(57세) 장편 소설 『흑풍』을 조선일보에 연재하다.

1937년(59세) 독립운동가 김동삼이 옥사하자 유해를 심우
장에 모셔다 오일장을 지내다.

1939년(61세) 회갑을 맞아 청량사에서 회갑연을 베풀다.
오세창, 권동진, 홍명희 등 20여 명이 참석하
다. 사흘 뒤, 경남 사천군 다솔사에서 최범술
등 후학들이 베푼 회갑 축하연에 참석하다.

1944년(66세) 6월 29일, 심우장에서 타계하다. 유해는 망
우리 공동묘지에 안장되다.

소설 한용운을 전후한 한국사 연표

1875년   운양호 사건.

1876년   강화도 조약(조일수호조규).

1882년   임오군인 폭동. 미국·영국 등과 통상조약
           체결.

1883년   인천항 개항.

1884년   갑신정변.

1885년   영국 해군이 거문도를 불법 점령.

1894년   동학농민전쟁 일어남. 갑오개혁.

1895년   을미사변. 단발령.

1896년   아관파천. 독립신문 발간. 독립협회 설립.

1897년   대한제국 성립.

1898년   만민공동회 개최.

1899년   경인선 개통. 제주도 농민항쟁(방성칠 주도).

1900년   활빈당 활약.

1901년   제주도 농민항쟁(이재수 주도).

1902년   서울-인천 전화 개통. 신식 화폐 조례 발표

1903년	YMCA 발족. 서울-개성 철도 착공.
1904년	한일 의정서 체결.
1905년	미국과 일본, 가쓰라—태프트 밀약 체결. 을사조약 체결. 경부선 개통.
1906년	통감부 설치. 신돌석 의병 봉기.
1907년	국채보상운동. 헤이그 특사 사건. 고종 황제 퇴위, 순종 즉위. 근대 해산.
1909년	안중근이 이토 히로부미 사살.
1910년	일본이 청나라와 간도협약. 한.일 병합조약 체결. 국권 피탈.
1912년	토지 조사 사업 시작(~1918년).
1914년	지세령을 공포. 대한 광복군 정부 조직.
1916년	일본 육군대장 하세가와, 조선 총독에 임명됨.
1918년	이동휘 등, 한인사회당 조직.
1919년	3.1 독립운동. 대한민국 임시정부 수립. 사이토, 신임 조선총통으로 부임.
1920년	홍범도의 봉오동 전투. 김좌진의 청산리 대첩.
1922년	방정환을 중심으로한 색동회가 5월 1일 어린이날 제정.
1923년	관동 조선인 대학살. 암태도 소작쟁의

(~1924년)

1925년	조선공산당 창립.
1926년	6·10만세 운동.
1927년	신간회 창립.
1929년	원산 총파업. 광주 학생 항일 운동.
1930년	평양 고무노동자 총파업.
1931년	우가키, 신임 조선 총독으로 부임.
1932년	이봉창 의거, 윤봉길 의거.
1933년	항일 유격대, 함북 경원 경찰서 습격.
1934년	조선총독부, '노동 농지령' 선포. 진단 학회 조직.
1936년	재만한인 조국광복회 창립. 일장기 말살 사건.
1937년	항일유격대, 함남 보천보 습격.
1938년	한글 교육 금지.
1940년	창씨 개명 실시. 한국 광복군 창설.
1942년	조선어 학회 사건.
1943년	조선총독부, 징병제 공포.
1944년	조선총독부, 여자정신대근무령 공포 시행.
1945년	8.15해방. 건국준비위원회 발족. 미국과 소련, 군정 실시.